KB059438

슬픔에 참견하지 않는 마음

슬픔에
참견하지 않는
마음

2024년 1월 15일 초판 1쇄 펴냄
지은이 전영관
편집 박은경
펴낸이 신길순
펴낸곳 (주)도서출판 **삼인**
전화 02-322-1845
팩스 02-322-1846
이메일 saminbooks@naver.com
등록 1996년 9월 16일 제25100-2012-000046호
주소 (03716) 서울시 서대문구 성산로 312 북산빌딩 1층

디자인 끄레디자인
인쇄 수이북스
제책 은정

ISBN 978-89-6436-258-7 03810
값 16,000원

전영관 산문집

슬픔에 참견하지 않는 마음

삼인

일러두기

이 책에 실린 도판 중 출처가 표시되지 않은 것들은 저자가 직접 찍은 사진들입
니다.

자신을 사랑하며 함께 갈지,

자기혐오에 빠져 제각각 갈지……

꽃은 누군가를 떠올리게 한다. 그를 잊었음도 상기시킨다. 어디였는지 가물거린다. 누구와 함께였더라 하면서, 갔었다고 착각할 때도 있다. 왜 동반자는 잊고 장소만 남겨둘까. 사람은 반성과 연결되어 괴롭고 후회의 상징으로 남기에 시나브로 그이를 잊는 건 아닐까. 방어기제라니 기계 같지만 그 기계가 감정의 공격으로부터 지금까지 살아남게 했다면 누구라도 수긍하리라. 사랑은 사랑으로만 지울 수 있다. 심장에 새겨진 문신 같은 것이기에 사랑하는 사람만이 거기 도달해서 지울 수 있기 때문이다. 도저히 긍정적으로 생각할 수 없는 상황에 우는데 '긍정적으로 생각해'라고 위로하는 경우가 많았다. 위로를 교환하는데도 고독해졌다. 질병은 아픔에 시달리는 일이고 절망은 아팠던 곳이 모두 다 기억나는 상태다.

장소를 떠올리면 희망 비슷한 계획들이 생겼다. 가보고 싶은 마음에 링크도 걸어놓고 맛집까지 찾아보는 주도면밀(?)한 희망을 보관했다. TV 프로그램을 몰아서 본다는 빈지 와칭binge watching이고 놓친, 잊은 것들의 일제소집인 것이다. 어느 장소에 거기 안 간 사람을 데려가보고 새로운 의미화가 이루어짐을 느낄 수 있었다. 이른바 '장소의 탄생'이다. 삶은 사진을 찍을 수 없는 미술관이라서 기억할 수 있는 만큼만 기쁘거나 슬프다. 교통사고 현장을 지나는 것처럼 타인의 참혹을 구경하느라 내 속도를 놓치지 않아야겠다. 제 불운을 징징거리면서 타인의 불행엔 구경꾼이 되고 있었다. SNS에서 각광받는 사람보다는 SNS를 끊는 사람을 존경한다. 그가 진정한 현자다. 자신의 금덩이를 아무렇게 자랑하는 사람은 부자가 아니라 가난뱅이다. 거개가 피노키오의 코만 생각하지만 귀를 보려고 기울인 마음들을 여기 모았다.

추억을 문장화하는 일은 잘해야 본전이다. 상투적이란 눈총을 받고 어떤 사연이냐며 들이대는 호기심도 견뎌야 한다. 그 주인공을 자신의 기억으로 왜곡하는 일을 저지를 수도 있다. 후회 반성같이 날카로운 것들을 만지작거리기 쉽게 합리화하면서 추억이라 도금하는 건 아닌지도 짚어보았다. 갈망이 극도로 깊은 사람은 신이나 악마 둘 중 하나를 만나게 될 테다. 그런데 지옥이 실존한다면 선량하게 살까? 그걸 피하려고 온갖 위선을 저지를 것 같다. 지옥은 현실에 숨어 있다. 사람은 위험하고 장소는 안전하다. 모든 식물은 독성을 가졌듯이 저마다 특유의 역린이 숨어 있다. 트라우마, 자존심, 자책 같은 감정이리라. 산문집이라는 '장소의 탄생'을 독자들과 이뤄내고 싶다. 나날의 애달픔이 완화된다면 행복하겠다. 우리는 웃지 않으면 가라앉는 마법의 호수에 떠 있다.

2024년 1월
전영관

차례

2부 / 다정과 소란

3부 / 안부, 호기심

4부 / 그 시집

1부

/

책상의 역사

생의 행로를 멀리 가지 못하는 사람은
인내의 근육이 모자라는 게 아니라
욕망이 크고 무거운 까닭이다. 시인은 그 달콤쌉쌀함을
담담함으로 치환할 촉매를 많이 가진 존재이다.

콜드브루

전자레인지에게 커피 데우라고 시켰더니 왕왕거린다. 주인이 창밖 매화를 보며 상념에 든 것도 모른다. 기계는 저렇게 눈치가 없다. 내일도 또 그럴 테니까 반성도 모른다. 기계는 항상성이라는 신념을 가진 바보다. 기계가 부러운 사람은 힘이 없는 게 아니라 만사 예민한 자신이 부담스러운 탓이다. 커피를 콜드브루 방식으로 즐긴다. 중고마켓에서 세트를 구입해 요긴하게 사용한다.

원두 갈 때의 향기와 원두를 고르며 맛을 기대해보는 희미한 불안까지가 추출 과정의 즐거움에 포함된다. 취향에 좌우되는 맛을 활자로 표현하는 건 불가능하다. 포장지에 적힌 수치 같은 것을 기준하면서 자신의 판단을 의심하고 구매 후의 변덕까지 짚어보는 재미도 있다. 수입회사의 문장력에 현혹되지 않겠다는 '고집 부리기'도 즐겁다.

겨울 내내 냉기를 견디다가 피어났으니 매화야말로 콜드브루 아닐까. 콜드cold라는 단어가 붙었지만 냉수는 아니고 정수기 정도의 상온수를 사용한다. '상온이라는 일상에서도 향기를 풀어낼 수 있어야겠다'는 허풍을 떨어보련다.

산책로에 매화가 있는데 그 아래에 서면 향기에 적셔지는 것만 같았기에 향기는 날아가는 게 아니라 쏟아지는 것이라고 생각했다. 지나는 사람들의 표정이 보이는 3층에 산다. 창밖 매화 향기가 내게로 솟아오르는 것 같아 누군가에게라도 감사 인사를 하고 싶다. 어림도 없는 망상이지만 천사로 채용된다면 행인들의 슬프고 다정함이 다 보이는 3층에 근무하고 싶다. 슬픈 사람 없도록 하겠다는 게 아니라 다독임 받지 못한 사람은 없어야 한다는 소망을 세우고 싶다.

여밈

철사 재질은 자국이 남을 것 같아 어깨 부분 굵기가 두툼한 플라스틱 옷걸이에 코트를 걸었다. 세탁소에 다녀왔으니 지난겨울의 웃음, 잔 부 딪는 소리, 눈발의 어룽거림 들이 지워졌을 것이다. 겨울이 올 때까지 나만 생각해달라고, 가지런히 손 모은 자세를 흐트러뜨리지 말아달라 고 단추를 끝까지 채웠다. 사우나 가는 아빠에게 아이들 딸려 보내듯 목도리 몇몇도 챙겨 넣었다. 소스 자국이 남은 목도리가 세탁소 사내의 팔에 휘감겨 갔다. 정을 떼는 몸짓이 있다면 저럴 거라고 생각했다.

다림질하고 첫 단추를 여미고 걸면 그대로 고정돼서 입어도 깃이 열리 지 않아 답답하다. 여름 셔츠는 창을 열어두듯이 첫 단추는 풀어놓는 다. 목이 쉽게 늘어지고 임신선 같은 주름이 가득한 리넨 티는 접었던 자국이 남지 않도록 접어놓았다. 색이 진한 것들은 여름용이니 뒤에 걸 고 봄에 입을 연분홍, 흰색같이 옅은 것들을 골라놓았다. 이른 봄꽃은 날이 차가워 경쟁자가 없으니까 색이 연해도 벌, 나비를 부를 수 있기 에 그렇단다. 생존경쟁자가 지천인 여름꽃은 남보다 먼저 벌, 나비 눈에 띄려고 극성스럽게 진하다. 칸나, 능소화가 그렇다. 존재유지를 위한 가 열함인데 그걸 완상할 뿐인 우리는 서로를 모른다. 꽃들도 서로를 모를 것이다.

이러다가 11월이 오면 옷장을 열고 들여다보겠지. 외투들은 문이 열릴 때까지 기다리며 주인의 심약함을 속살거렸을 것이다. 먼 여행에서 돌아왔는데 자리를 지키는 사람을 보는 일이다. 모직처럼 한 방향으로 쓰다듬으면 매끄러워지고 반대로 하면 거칠어지는 그런 결을 가진 사람이 안심된다. 코트와 나는 그 결을 아니까 보드라운 방향으로 쓰다듬으며 감촉을 즐긴다. 사소한 일을 깊이 생각해 번민만 키우는 주인을 외투들이 애틋이 봐주면 좋겠다.

세게 당기면 떨어질 것같이 아슬아슬하면서도 단단히 감싸고 자세를 풀지 않는 단추 같은 사람이 좋다. 단추같이 순서가 필요하고 잘못했는데도 바로잡을 기회를 가진 이가 좋다. 헐거운 마음의 단추가 바로 당신이다.

물멍

내일 속초 가련다. 집에서 거기까지 217킬로미터니까 서울양양고속도로를 이용해서 세 시간이면 도착한다. 9시에 출발해서 12시에 점심 먹는 거리다. 낙산 바다는 생애 처음으로 본 동해바다였고 또 스무 살의 치기와 낭만이 서린 곳이지만 음식점과 카페의 소란스러움이 아쉬운 곳이다. 게다가 화재 후에 새로 모신 부처가 너무 화려하고 졸부 느낌이라 거북했다. 홍련암에 엎드리면 불자佛子도 아니면서 청승도 아니면서 괜히 눈물이 솟곤 했다.

백사장과 카페와 음식점이 인접한 곳을 물색하다가 속초해수욕장 들머리의 '브라더후드'라는 카페를 발견했다(검색으로 찾은 후엔 지도의 로드뷰로 주변 상황까지 재차 확인한다). 인근에 음식점도 있어서 여러모로 편리한 위치다. 강릉 안목해변은 파도가 잘 안 보이는데 카페에서 바다가 훤하니 최상급이다. 무언가, 누구로부터 얻은 멍이 지워지기를 기다리는 상태니까 불멍이고 물멍이다. 그럴 의도는 없었는데 자신도 모르게 치유되는 마법이기에 애용하는 것이다.

점심 먹고 카페에서 물멍하련다. 피곤해서 한지처럼 나른하겠지. 입에선 생선회 비린내와 허니버터의 달달함이 탱고를 추는데 바다 보다가 당신 옆모습을 보다가 귀밑머리 가녀림에 사늘해지겠지. 휴가 못 간 대신 사놓고 한 번도 안 쓴 캠핑용 의자를 백사장에 펼쳐놓고 해당화처럼 바다만 바라보겠지. 다가올 시월엔 화암사까지 올라가는 일박이일 코스를 궁리하겠지. 생선회 가격이 뜨끔해서 찝찌름한 칼국수를 먹었던 작년 하조대의 점심을 떠올리며 물횟집을 찾겠지—돌아갈 길 아득해라. 문득 가스 밸브 잠갔나 싶어서 길을 서둘러—.

구름은 과묵한 사내의 양미간
구름은 학자를 비웃으며 진화하는 장르
구름은 들끓던 기억도 식혀 돌려주는 냉장고
구름은 쏟아내도 절망이 줄어들지 않는 화수분
구름은 서로 괜찮다며 밀치다 떨어트린 만두
「변신에 대한 프롤로그」 부분(『부르면 제일 먼저 돌아보는』에서)

속초 비가悲歌

잔뜩 기대하고 간 해변카페가 휴일이었다. 해수욕장 폐장해서 매주 수요일에 쉰단다. 신은 우리가 갈망하는 것들을, 진정 절실한 건 아니라고, 그런 것들에 일희일비하지 말라고 들어주지도 않는 것일까. 신과 내가 소망에 대한 취향이 다른 것일까. 그래서 생은 어처구니없는, 애써서 억눌러야 지나가는 일들의 연속인 것일까. 짜증과 어이없음이 파도쳤다. 수요일이 정기휴일이라니 이게 웬 날벼락인가.

횟집 주인에게 세 시간 운전해서 왔는데 바로 위층 카페가 문 닫았다고 하소연했더니 인근 명소들을 소상히 알려주신다. 대관람차 옆 카페 웨일라잇Whalelight에 갔는데 4개 층 규모고 바다 전망 자체가 인테리어라서 탄성이 나왔다. 이런 걸 전화위복이라며 히죽거리려다가 상투적이라 그만두었다. 심각하게 여길 건 없겠고 생은 이런 변덕과 가벼움의 활력으로 가동되는 것이라고 위안 삼았다.

백사장에 앉아서 거기 스며든 지난 8월 피서객들의 땡볕과 속살거림과 키스들을 짐작해보았다. 아슴한 스무 살 시절의 들뜸도 헤아려봤다. 이런 기억 수집들을 '여름이 시킨 일'로 이름 붙였다. 수학여행 온 학생들의 왁자함이 늦더위 같다. 손잡고 천천히 걸어가는 중년 부부의 뒷모습이 9월 끝자락 느낌이다. 속초 해수욕장 카페에서 물멍하고 중앙시

장 들러서 새우튀김 먹고 외옹치항 둘레길을 걷고 돌아왔다. 종일 기다
려주었을, 직사각형 표정의 가구들이 반갑다. 말 못하는 것들은 주인이
반가워할 순간을 알고 있다.

물러서는 파도를 따라 잔걸음질치다가
되돌아서는 일이 호기심 때문만은 아니다
보낼 때 확인했는데 배달되면 주머니마다 손 넣어본다
누구에게나 초인종 누르고 도망가는 악동이 있는 것처럼
실망에 실망하지 말아야지
「회진」 부분(『슬픔도 태도가 된다』에서)

답을 기대하는 인간

수치로 결론 내는 공학도 출신이다. 건축 전공이라서 기초부터 기둥까지 지붕을 최종으로 순서대로 진행해야 안심되는 인간이다. 대상물을 지으려면 일정(공정표)이 나와야 하고 그에 합당한 밤샘을 마련해둬야 비로소 착수한다. 집이 무너지면 끔찍한 일이 벌어지니까 무엇이건 명확해야 한다.

독학한 탓에 귀띔해주는 사람도 없었고 문학판 논리에 캄캄절벽이었다. 얼마 지나지 않아 시는 답이 없는 것 같아 겁났다. 취향을 버린 채 기계적으로 봐도 엉망인 시가 명품이 되는 현상을 보며 당황했다. 재주도 없으니 일등 하겠다는 욕심은 없었지만 이 지점에서 시를 쓰게 된걸 후회했다. 어쩌다가 여기까지 왔는지 아득하다.

명품은 방정식과 같이 누가 봐도 딱 부러지는 비교불가의 압권 (excellent one)이어야 한다고 생각했다. 이런 나름의 기준과 거리가 먼 작품들이 칭찬받는 것을 보며 회의했다. 여기서 칭찬받고픈 욕망이 강하다고 속단하면 곤란하다. 시를 보는 눈이 없는 것 같아 자책했고 생인손을 앓듯 아파했다. 아무래도 이따위 청맹과니 주제에 시를 시작하지 말았어야 했다.

결국 공학도 성향으로는 이해할 수 없는 문학판을 배회한 셈이다. 누가 들으면 비웃을 일이지만 심각한 회의에 빠져 살았다. 결론적으로 시 쓰게 된 걸 후회한다는 말이다. 이렇게나 취향에 휩쓸리는 일인지 몰랐다. 의도(목적)를 감추고 제 취향만을 고집하는 꼴도 보았다. 아이의 질문은 호기심에서 유발된 것이지만 꼰대는 의도를 감추고 질문하는 이치와 같다.

시의 무게를 계량하는 저울, 시가 펼친 세계의 넓이를 재는 줄자가 있을 거라고 짐작했고 정답은 수치처럼 정확하리라 기대했다. 결론적으로 어처구니없는 인간, 후회하는 인간이다. 객관적인 답을 기대하던 인간에게 시는 천하의 몹쓸 것이었다. 이건 고지식함, 융통성 없음과는 다른 성향임을 밝히고 싶다. 후회한다기보다 끊임없이 당황하는 중이다.

너는 누구인가

기껏 신의 습작품, 어느 하나는 미흡해서 뒷줄에 세워놓았던 존재가 우리 아닐까. 또 그런 주제이면서 함부로 생을 능멸하고 제풀에 절망하는 존재는 아닐까. 그림자보다 빨리 뛸 수 없고 가야 할 곳에 지치고 내려앉은, 눈 녹은 진창 위의 기러기 발자국(雪泥鴻爪)처럼 가뭇없는 존재가 아닐까. 무거워지더라도 가라앉지는 말자.

평생 허든거리다가 유언장이라는 항복문서엔 '시간이 모든 것을 해결하리라'라고 변명할 우리들이다. 생의 행로를 멀리 가지 못하는 사람은 인내의 근육이 모자라는 게 아니라 욕망이 크고 무거운 까닭이다. 시인은 그 달콤씁쓸함(bittersweetness)을 담담함으로 치환할 촉매를 많이 가진 존재이다.

우리 식구를 길거리에 주저앉게 한 사람이 찾아온 적 있었다. 그해 열다섯에 세상의 참혹을 다 겪었다. 아버지 동업자인 그이의 죄책감인지 후회인지 지금도 모른다. 아버지는 아무 말 없이 마주 앉았다가 "밥 먹고 가" 하시고는 어머니를 바라보았다. 국졸 학력의 아버지는 성인 현자도 아니고 당신의 무력감을 절감한 것도 아닐 테다. 나이 들어서는 그이가 '운명의 상징'이었다고 생각했다. 운명이 찾아온다면 밥이나 사주련다. 그 밥은 상가의 육개장쯤이나 되겠지.

논공행상

추석이 지나가셨다. 아내의 중노동과 돈 걱정의 이중주가 회오리치다가 끝난 것이다. 주부에게 연휴의 빨간색은 육신이 과열된다는 경고등일 테다. 나물볶기, 전부치기 등의 단순 조리는 분담하지만 밑간을 해놓은 아내는 그 맛에 대한 부담이 천근만근일 것이다. 전적으로 주부의 노동에 기대는 일이라서 그렇다면 대꾸할 가치도 없다. 명절처럼 주부의 존재감이 뚜렷해지는 시기도 없다. 스스로 그 존재 증명(효용감)을 느끼며 슬펐을 것이다.

숱한 기제사 포함해서 명절차례를 겪고 자란 유교인간이다. 허례허식이라는 걸 알면서도 차례상이 허술하거나 조기찜 간이 안 맞으면 괜스레 심란해지니 스스로도 어쩔 수 없는 일이다. 누나들이 제사 없애자고 했을 때 저승에서 부모님 만날 걱정을 태산같이 하고 있었다.

명절 후엔 논공행상이라도 벌여서 위로와 선물이 충분히 돌아가면 좋겠다. 거들어줘야겠다 싶어서 너무 짠 고사리를 맛있다며 거푸 집어먹었다. 한 끼니 줄이자고 아들들 동반해서 영화 보고 저녁 먹고 들어오자 했는데 찾다 찾다 문 연 곳이 없어서 고사리를 또 먹어야 할 판이다. 그런데 추석에 영업하는 분들은 그 형편이 오죽하겠나. 아기들 이름을 짓는다면 여자애는 보름, 남자 놈은 오름이라 하고 싶다. 이런 생각들이 곶감처럼 물렁해지는 밤이다. 달은 또 어쩌자고 저리 밝은가.

일인 구급대

하나는 약 먹고 기절 상태, 또 하나는 그걸 지키느라 각성 상황인 것이 우리 집 심야 풍경이다. 아내는 거품 물고 실려 가는 모습을 보았을 텐데 한참 지나서야 그걸 알았다. 참혹을 겪은 사람에게 내 아픔을 엄살 떠느라 당시의 정황조차 몰랐던 것이다. 당한 사람과 본 사람의 트라우마는 결이 다르다는 것도 몰랐다. 트라우마는 겁이 많아서가 아니라 애착이 붕괴되는 충격에서 유발한다.

안정제 먹고 자니까 기절한 셈이지만 언제 또 쓰러질지 몰라 겁난다는 아내는 수면제조차 거부하고 뜬눈으로 지새우는 날이 많다. 안쓰럽고 무참해서 의존성 없는 수면유도제라도 먹으라고 몇 번이나 권했지만 그럴 수는 없단다. 둘 다 약기운에 정신 놓고 자다가 무슨 일이라도 생기면 어떻게 깨울 거냐고 맥 놓는다. 눈물 많은 구급대를 자처하겠다는 심사다. 신은 자신을 흉내 내는 것 같아서 지극히 선량한 사람은 싫어할 거라고 히죽거렸다. 그러니 당신은 영영 불러주지 않는다고 웃어주었다. 이도 저도 아닌 인간이라서 뇌경색에도 살아남았다고 으쓱거렸다.

잠 못 이루고 뒤척거리면 내가 잠결에도 불편할 것 같아 새벽 내내 거실 TV를 본다. 볼륨이 '음소거' 상태인 날이 대부분이다. 아침에 TV

켤 때마다 그걸 보는 순간 음소거처럼 콱 막힌다. 약 먹고 자면 서로 편할 것 같다. 불안해하지 말라고, 신이 두 사람의 이마를 짚어주면 안심되겠고 목숨은 동시에 거두어 가주시면 고맙겠다. 하나가 남으면 그 또한 죽음과 다름 아니니까.

점심 식후 커피 데우고 싶은데 눈치 없는 전자레인지가 왕왕거린다. 화장실 물 내리고 소리 잦아들 때까지 기다렸다가 나온다. 저 사람 오수에 빠져 있다. 부족한 새벽잠 건지려는지 뒤척거린다.

월요일

대낮인데도 우린 뜨겁다. 둥글게 허리 젖히다가 무릎을 당기고 반으로 포개지는 듯한 자세로 고요하다. 아차 하다가 손을 델 만큼 겉으론 음전하면서 속은 뜨겁다. 생이라는 불판에 시달린 흔적을 못 감춘 갈색이다. 순하게 나이 먹은 느낌이다. 젊은 할머니 같고 청춘 할배 같다. 뜨거워서 호 하다가 떡 먹듯 기억을 잃는다. 우리 지금 호떡 먹는다. 뜨거우니까 종이컵에 반 접어 넣고 먹는다.

달콤하다가 쌉쓰레한 것이 생이라지만 달고 또 달면 뒷맛이 비리다. 꿀을 많이 먹으면 혀가 아릿한 느낌이 드는 것처럼 행복도 과하면 버거워지는 것일까. 그런데 단맛을 행복이라 할 수 있을까. 시고 맵고 짠 것들은 내다 버려야 하나. 과연 그럴 힘은 있을까.

월요일마다 새마을 장터가 열린다. 산책 나왔다가 여기 들러서 호떡 먹는다. 은근한 피로 상태에서의 단맛이라니 그야말로 꿀맛이다. 녹차로 밀가루 냄새를 지운 것 하며 기름 줄이고 굽는 방식으로 이끌어낸 담백함 하며 주인의 동그란 호떡웃음 하며 모두 흡족하다. 호떡을 '천 원의 행복'이라 이름 지으면 너무 흔하고 그것이 천 원짜리일 것 같아 단순하게 '월요일'이라 했다. 저마다 월요일을 생각할 테고 나머지는 만사 스스로 감당할 몫이 있는 법이니까.

사람들은 '더 노력해야 한다는 착각'(저우무쯔의 책 제목이기도 하다)에 빠져
있다. 둥근 것은 원만해 보이고 또 둥근 것은 무책임, 무능한 것 같으니
까. 어쩔 수 없는 것들 앞에선 무능이 최고일 수 있지. 인간은 노력하면
노력할수록 방황하는 존재다.

눈을 달가워하지 않는 중년 사내인지
화단의 소나무가 어깨를 턴다
인간이니까
이토록 기대감을 버리지 못하는 거라며
생의 사소함을 절감했다

인간은
노력하면 노력할수록 방황하는 존재
「첫」 부분(『슬픔도 태도가 된다』에서)

예감

아니라고 대답한 후엔 자신을 들여다보게 된다. 과하게 수긍의 태도를 보이고 난 후엔 까닭 모를 환멸이 엄습한다. 부정을 통해 자신을 증명하는 것은 자의식의 힘일까. 무엇인가를 거절하고 우쭐했던 기억들이 있다. 거절하며 으쓱했다가 수긍해주며 잠 못 자는 날들이었다. 진정, 타인에 대한 원초적 이질감이 숨어 있기에 수긍한 후엔 그것을 인정한 자신을 비웃는 것일까.

머릿속에서 고장 난 영사기가 돌아가는 듯 번뇌망상이 가득해서 산책 나갔다. 문장은 발로 쓴다는 말을 하고 싶다. 안식년이라도 맞은 듯 겨우내 집에만 있었는데 몹시 피곤하다. 어느 여정이건 최악의 짐은 자신이라는 시도 써놓고도 스스로를 감당하다가 지친 꼴이 되었다. 산책로 응달에 잔설 같은 얼음덩이들이 박혀 있었다. 이제 8월의 끈적거림과 11월의 허무를 견디면 다시 또 눈이 온다는 예고편, 쿠키영상이겠지. 지금까지 뒤죽박죽 들이닥친 사건들을 보면 신은 편집에 능한 것 같지는 않다. 그러니 아차, 하고 챙겨둔 지난겨울의 (함박눈)부록 아닐까.

서재 창밖 산사나무에 직박구리 두 쌍이 앉았다 가곤 하는데 이 친구들은 지저귀지 않고 박새와 곤줄박이만 쫑쫑거린다. 그나마 가끔 얻어듣는 횡재다. 참새 무리가 모여 있는 자리를 지나며 그 경쾌함을 즐겼

다. 일부러 그 자리로 돌아가곤 했다. 답례로 현미 한 움큼을 뿌려주었
는데 먹이 주는 걸 금지하는 공원 비둘기도 아니고 교회 앞 녹지 귀퉁
이니까 괜찮을 것 같았다. 또 교회 그분께서 야박하게 하실 것도 아니
다. 파르르 하는 날갯짓 소리하며 'ㅉ ㅉ ㅉ'밖에는 표현할 방법도 없는
지저귐에 새싹들이 가득 솟아오르는 느낌이다. 부정과 수긍 위로 튕겨
오르는 소리들이다.

아무도 만나지 않으니까
실망도 감염되지 않는다

구부러진 채로 박혀 있는 못에게
벽이 끝까지 저항한 것이라서
허약함을 비판하지 말라고
포기해도 된다고 말해주었다
쓸모 있다며 거기에만 외투를 걸었다

그늘이 떠난 자리에서 꼼짝도 못 하고
서릿발이 물이 되도록 흐느끼고 있다
「내려오는 것」 부분

존버 정신

채권자로 태어났다. 게다가 1남 4녀의 외아들이었으니 부모의 사랑을 평생 받아내는, 일종의 종신채무를 부모에게 선사한 셈이다. 외아들, 장남이라는 중압감을 너무 심각하게 받아들여서 사춘기의 폭발들을 꾹꾹 참았다. 아들의 그런 모습이 환하게 보였을 부모님 심정이 어땠을까 생각해보면 울대가 막히는 느낌이다. 자신이 이해하고 있다고 착각할 뿐, 인간은 결단코 상대를 이해하지 못하는 존재인 것 같다. 이제 부모가 되고 보니, 아비와 똑 닮은 장남의 소가지에 문득문득 키운 분들이 떠오르고 후회되는 것이다. 어머니에게 월사금 달라는 말을 못 해서 가을 3기분 나올 때에야 1기분을 내곤 했다. 학교에서 시달리는 것은 식구들에게 아무 말 하지 않았다. 초등학교 졸업사진비도 못 내서 못 받았다.

쌀 없어서 점심은 국수로 때울 만큼 지독한 가난을 견디고 넘어와 이러저러 평범하게 월급쟁이가 되었다. 그 첫 월급날 나는 일기에 "가난에 대한 혁명이 시작되었다"라고 썼다. 침만 삼키던 카메라를 장기할부로 사서 밤늦도록 만지작거렸다. 돈 달라는 말이 죽기보다 싫어서 버스비 없는 날은 집까지 걸어오곤 했는데 이제 누군가에게 돈을 주는 입장이 된 것이다. 어머니께 월급을 통째로 드렸는데 아무 말 없이 용돈을 내주셨다. 한 달에 3만 원, 보너스 나오는 달에는 5만 원이다. 용돈

은커녕 월사금도 못 주던 고교 시절의 아픔이 깊이 남아 아들에게 꼬박꼬박 주고 싶은 마음이시리라. 결혼하면서 아내가 월급통장을 맡았다. 역시나 돈 달라는 말의 지긋지긋함 때문에 몇몇 보너스와 가외 수입만으로 용돈을 벌충했다. 술을 전혀 못 마시니까 담뱃값 말고는 쓸 일도 없었다. 월급쟁이 생활은 무난했고 얼마간 저축도 했고 집을 옮겨 다니며 차익도 만들었는데 퇴직하게 된 것이다. 돈을 주지 못하는 사람으로 추락했다. 월급쟁이 사고를 못 벗어나서 월세 받으려고 퇴직금 저축 다 끌어모아서 상가 한 칸을 샀다. 문학에의 열정 때문이 아니라 회사의 구조조정에 떠밀려 전업 시인이 되었다. 뇌경색으로 쓰러져 편마비만 남았다.

월세가 아내 통장으로 들어오며 퇴직자 남편으로서 아내에게 덜 미안하고 자잘한 생활비 걱정을 모르니까 이제 시 쓰기에 전념할 수 있게 됐다. 이런 평화(?)는 코로나바이러스로 엉망이 되었다. 거리두기 조치로 상가 임차인이 월세를 못 내는 지경이 된 것이다. 돈 달라는 말은 지긋지긋하고, 못 주는 그 심정도 내 것처럼 느껴져서 속앓이만 거듭한다. 이런 심리를 잘 아는 아내는 당장 생활비가 없어도 카드로 막을 뿐 아무 말 하지 않는다. 혹시라도 가게가 텅텅 비었을까 싶어서 우리 부부는 산책 삼아 가본다. 손님 없으면 저녁 시간으론 이르니까, 오늘은 너무 추우니까 하면서 서로를 위로한다. 장사 안 되는 임차인의 처분만 바라고 한숨을 거듭한다. 마스크 덕분에 표정을 감출 수 있어서 다행이기도 하다. 이러다가 우리 경제가 완전히 가라앉으면 어쩌나 겁도 난다. 아픈 장남과 월급쟁이 막내아들을 둔 부모로서 자식들의 미래를 또 걱정만 한다. 어쩌겠나, 월세 달라고 해야 뻔한 살림일 테니 기분만 상할 테고 모든 지출을 줄여서 살기로 했다. 누가 들으면 허풍이라 하겠지만 된장국 김치로만 끼니 때운다. 집밥 지겨워서 외식하고 싶으면 일 인당 8,000원 한도를 지킨다. 이길 수 없을 것만 같은 상대와 싸울 때는 버티는 게 최고다. 우리 부부도 임차인도 이길 때까지 견디는 거다.

희망을 향하는 것이 아니라
추레함으로부터 도망치려는 힘이
생을 끌고 간다
「임대임차」 부분

태그호이어

고1 시절 우리 반 친구 중에 부잣집 막내가 있었다. 아버지가 종로 충신시장 4층짜리 건물주였다. 거기 가서 우리 집하곤 다른 고급 반찬과 밥 먹는 게 좋기도 했고 심란했다. 한번은 친구 누나네 이사하는 날 스카우트 돼서 일하러 갔었다. 이불짐 등등 무겁고 부피 큰 것들을 잘 옮긴다는 칭찬을 들었지만 나는 봄가을로 이사 다니느라 붙은 생활근육일 뿐이었다. 진정 선량한 친구는 호의로, 자신보다 턱걸이를 많이 한다는 걸 기억해 불렀을 것이지만 그날의 칭찬들은 오래도록 남았다.

그 친구가 대학 입학 선물로 받았다는 시계가 '태그호이어'였다. 갓 스무 살인 1980년이었는데 그 브랜드를 단번에 알아볼 정도로 시계에 관심 많았다. 대학 2학년까지 김치 도시락을 들고 다녔으니 아득한 고급품이었다. 당시 대우자동차의 르망을 아버지께 선물 받았다며 함께 드라이브도 했다. 대학 신입생이 승용차를 몰고 다니는 건 영화에서나 볼 수 있는 시절이었다. 닿을 수 없는, 마른침이나 삼킬 뿐인 태그호이어는 오래도록 각인되었다. 그 시절 우리 집은 전화는 꿈도 못 꾸고 냉장고도 없었다. 어머니는 김치만 풍년인 부엌에서 허리 굽혔다.

첫정을 품고 살다가 40년 만에 태그호이어를 샀다. 브랜드 창립 160주년 리미티드에디션인 까레라 모델이다. 월급생활 했는데 그만한 돈은

지불할 수 있었다. 어쩌다가 여기까지 와서도 그 시절을 돌아보고, 탐
내고 실망하고 바보처럼 살았다. 아들들이 선물한 봉투, 시창작 강의
료, 비상금을 털었으니 이제 입만 달린, 꼴에 고급시계 찬 백수가 됐다.
40년 세월 품고 있던 태그호이어를 샀다. 드디어 나를 해방시켰다.

역습

갈망하던 손목시계를 책상의 잘 보이는 자리에 놓았다. 나갈 일이 없으니 벽시계 노릇을 한다. 그런데 포장을 풀었을 때의 감흥이 사나흘 지나면서 서서히 가라앉는 것이다. 책 읽다가 시계도 읽으며 뿌듯해하고 드디어 손에 넣은 나 자신을 칭찬해주었다. 가라앉는 감정에 대한 보상 작업이고 '좋아라' 했다가 시들해진 것을 합리화하는 일이겠지. 이게 바로 소유한 것에게 소유당하는 일이다. 일종의 역습이다. 집착은 자신까지도 해치는 일, 애착은 그것을 보는 사람도 흐뭇해지는 일이겠다. 집착도 애착도 버리기로 했다.

2011년에 그토록 갈망하던 작가세계 신인상을 받았다. 2008년에 진주신문 가을문예 당선되고 꼬박 3년이 걸렸다. 또 다른 명품 시계를 손에 넣은 것이다. 이른바 등단한 사람에게 '이제 당신은 지옥의 문고리를 잡은 것이다' 하면서 웃곤 했다. 청탁, 시집발간 문학상 등등 도처에 악마가 웅크린 지옥 말이다. 결국 지옥의 문고리를 움켜잡은 셈이다. 전업 시인은 프린터 잉크, 종이만 사면 되는 저렴한 노후 준비라고 주장했다. 먹는 자리 기웃거리지 않고 집에서 읽고 쓰니 얼마나 고상하냐고 으쓱했다.

참혹한 현실을 견디는 일보다 더 지독한 시 하나만 남았다. 막다른 골목이라서 시 따위에 집착하는 것일까. 그거 하나로 울고 웃는다. 시가 재능 부족이라며 찌르고 어리석은 결과라고 조롱한다. 시의 역습이다. 버리지도, 외면하지도 못해서 그걸 못된 자식인 양 종일 끼고 산다. 어리석게도 악독한 곳을 도피처로 삼은 것이다. 쓰는 고통을 견디느라 시나브로 버거운 하루의 절반을 보낼 수 있다. 무언지는 모르겠는데 다 버리고 싶다.

비탈에 선 명품

비탈은 깡패나 마찬가지다. 노인네도 몰라보고 엎어뜨린다. 물건 들어서 양손을 못 쓴다 싶으면 가차 없이 무릎을 후린다. 비탈이 행패 부려서 걸핏하면 물이 안 나왔다. 여섯 식구가 산동네 공동수도에 매달려 살았다. 바퀴벌레가 날아다니던 반지하보다는 나았다.

밤이나 돼야 물이 나왔다. 외등도 없는 겨울 비탈이 더 치명적이다. 사람들이 흘린 물이 곳곳에 숨어 있다. 여차하면 무릎이 깨지는 빙판이다. 아버지는 턱에 피멍이 들고 손목을 삐었다. 여름이나 겨울이나 노동에 지친 아버지가 물지게 지는 일은 견딜 수 없었다. 우리 집 물에 관한 한 내가 가장이었다.

여름엔 브라자가 다 비치는 아줌마들에게 치이며 줄서기를 했다. 급수차 기사가 세상 최고 부자라서 부러웠다. 땡볕에 물지게 지고 집까지 올라오면 종아리가 찢어지는 것 같았다. 심장이 터지는 것 같아서 지고온 물통 하나를 머리부터 쏟아버리고 울었다. 부엌에서 나오다 눈 마주친 어머니가 물통 하나보다 더 많은 눈물을 쏟았다.

어머니가 이태리제 명품 와이셔츠를 내주곤 했다. 파출부 다니는 집에서 얻어 왔겠다 싶어서 아무 말 하지 않았다. 교복 안에 입을 옷도 마땅찮았다. 교복 상의를 벗었는데 친구가 자기 아버지 것과 같은 상표라며 우리 집 형편을 신기해했다. 그 시선이 침을 뱉는 것 같았다. 구실만 생기면 주먹을 날리고 싶었다.

가끔 갈비가 상에 올라올 때는 어머니 표정부터 살폈다. 아버지는 말없이 드셨다. 다른 날보다 더 열심히, 다른 반찬만 먹었다. 고교 시절부터 명품을 입었는데 제일 싼 것만 고르며 살았다. 부모님 수의는 제일 비싸다는 걸로 결정했다.

우리는 간병인을
환자의 먼 친척인가 하면서 머뭇거렸던 사람
가족에게 의자를 양보하는 사람 정도로 인식한다
잠시 앉았다 일어선다면 모르겠지만
누우면 30cm 짧은 보조침대의 불편함을
밤샘해보고야 절감하게 된다
「간병인」 부분

선풍기 뒤에 있는 것들

분해된 선풍기를 앞에 놓고 멍하니 앉아 있다. 이용할 시절은 아직 아닌데 내 안에 스미어 있는 무언가가 선풍기를 떠올리게 하는 것 같다. 여름이 되면 힘차게 돌릴 다짐까지 하고 헛둘헛둘 제 나름의 준비운동도 했겠지. 무더위에 고장이라도 나면 어쩌나 걱정했겠지. 선풍기 앞에 놓고 이러저러 짐작하다가 아버지도 그러셨으리 생각해보니 가슴 한편으로 전류가 흐르며 화르르, 먼 기억 속으로 날아간다. 철이 바뀌면 가장의 입장에선 온갖 상념들이 떠올랐을 것이다. 더구나 냉장고도 없는 살림이었으니 불볕 아래의 노동을 견뎌야 했던 아버지에게 선풍기는 요즘과 다르게 각별했을 것이다.

휘감긴 코일에서 아버지의 근육을 느낀다. 요즘처럼 체육관에서 부피 먼저 키운 게 아니라 나날의 반복작업에서 엮이고 또 쌓인 생활근육이다. 겉보기에 세밀하고 연약한 것 같아도 근면, 성실, 책임감 같은 전류가 흐르는 순간 가족부양이라는 방향으로 힘차게 회전했을 것이다. 얼핏 보면 복잡해 뵈는 코일처럼 복잡다난한 생계를 아버지는 어찌 견디셨을까. 한 올이라도 끊어지면 멈추는 위태로움을 무엇으로 지탱하셨을까. 얼뜨기 가장이라서 아버지의 자리가 한없이 아득하고 겁까지 나는 자리라고 생각하곤 했었다. 아버지의 비밀이라도 들추듯 먼지를 걸레로 닦으려니 자꾸 엉기기만 한다. 아내 몰래 화장용 붓으로 털어본다. 역시나 오래된 것들은 섬세하게 발굴해야 하는가 보다.

사실, 우리 집 선풍기는 재봉틀에 이어 전당포까지 다녀온 적도 있었다. 집에 돌아오신 아버지는 그 빈자리에서 서늘함을 느끼셨을 것 같다. 스위치를 누르는 순간 파르르, 시원한 바람을 일으키는 선풍기 앞에 앉아 하루의 고단함을 씻어내셨을 것이다. 전당포에서 푼돈이나마 받아와 자식들 학비를 메운 어머니는 또 얼마나 미안하셨을까 싶다. 스무 살 때인 1980년 무렵에 냉장고를 처음 샀으니 얼음물조차 없던 시절이다.

각종 냉방병을 피하려는 이유에서 건강하게 여름을 보내려고 선풍기를 찾는 시절이다. 선풍기는 추억과 동시에 이미지로 다가온다. 선풍기는 겸손한 여왕이다. 누구든 그 앞으로 알현하게 만들면서 스위치가 눌리면 즉시 멈추며 자만하지 않는다. 식구들이 귀가하는 저녁이면 누구 할 것 없이 그 앞으로 가 앉는데도 멈춘다거나 풍량을 멋대로 변경하는 등 권세를 부리지 않았다. 선풍기는 과묵한 사제다. 젊은 여자가 앞섶을 풀어 들이대도 힐끔거리지 않고 흉보지 않는다. 누나들이 남자친구가 생겼을 때 토로한 것들을 여전히 함구하고 있다. 가끔은 친구 험담을 늘어놓기도 했을 텐데 한마디 소문내지 않았다. 어머니 잔소리에 짜증을 내기도 했을 일인데 어머니는 모르시는 걸 보면 역시나 과묵하면서 진중하다. 선풍기는 자상하고 성실한 보모다. 머리맡에서 미풍을 불어주며 어린것들의 낮잠을 지킨다. 조카들이 놀러 올 때면 쪼르르 뉘어 낮잠을 재우던 정경이 떠오르고 어머니가 부엌일로 바쁠 때도 눌린 스위치 따라 좌우로 고개 돌리며 오후 내내 변함없었다. 선풍기는 친정엄마다. 여름에 출산한 아내의 곁을 고장 없이 꼬박 지켰다. 더위 타는 아내의 진땀을 씻어주었을 것이다. 무덤덤한 남편 대신 아내의 힘 겨움을 여고 동창이라도 되는 것처럼 결부축했을 테니 새삼 고맙다. 그러나 선풍기는 신경질쟁이 사무원이다. 아차 하면 서류들을 날려 흩어버린다. 그러잖아도 무더운 사무실에서 서류를 책이나 여타 물건으로 눌러놓지 않으면 여지없이 사방으로 날려버리는 것이다.

분해해서 청소하다가 발코니 창고를 열어보니 조금은 신형인 듯한 하나가 더 있다. 작년엔 선풍기라도 없었으면 어떻게 삼복더위를 지나겠느냐는 칭송을 듬뿍 받았을 텐데 좁고 어두운 창고에서 여태 말없이 때를 기다렸겠다. 멀쩡하던 자전거가 하이킹이라도 가려면 체인이 끊어지는 것처럼 사물의 정령이 있다고 믿는 편이다. 사실, 정령이 어디 있겠나 하면서 사물과 함께한 사람의 추억의 힘이 아니겠나 싶다. 그렇다면 우리 집 선풍기에는 어떤 정령이 깃들어 있나 궁금해진다. 아마득한 옛날에 쓰던 것들은 이미 버렸고 지금 앞의 것은 언제 장만했는지도 가물가물하다. 우리 집이라는 공간에 스민 식구들의 수런거림과 탄식과 애틋함을 집에 들어오는 순간 읽고, 경청했을 것이다. 이런 집이구나, 다른 냉방기가 없으니 고장 나지 말아야겠다면서 다짐했을 테고, 생계가 빠듯한 형편이니 더위라도 덜어줘야겠다 하면서 앞에 앉는 식구들 면면을 보고 친척이라도 되는 양 자리를 잡았을 것이다.

신기하게, 빠른 것보다는 느린 노래를 들으면 옛일이 생각난다. 올여름엔 선풍기 틀어놓고 이 까닭을 시험해보련다. 초점이 흐렸다가 희미하게 떠오르겠지. 선풍기 앞에 앉으신 아버지의 난닝구가 펄럭이던 모습이 펼쳐지겠지. 옆에 앉아 팔랑거리는 월남치마를 여미던 어머니의 야윈 팔뚝도 정지화면처럼 내게 다가오겠지. 외아들도 바람 쐬라고 슬며시 비켜주시던 아버지의 성긴 머리칼도 현실처럼 기억하겠지. 두레상에 식구들 모여앉아 칼국수를 후루룩거리던 저녁마다 국수 빨리 식으라고 왕왕거리던 선풍기의 근육질 바람이 목덜미에 닿는 느낌으로 재현되겠지. 선풍기 앞에 아…… 하면 먼 곳의 무언가를 되찾아오는 양 메아리처럼 울린다. 선풍기는 배후의 공기를 앞으로 밀어내는 원리여서 작동시키는 순간 추억들이 밀려온다. 서늘하고 애틋한 무엇과 그리운 누구들이 휘감는다.

책상의 역사

"수업료 안 낸 사람 일어서."

"언제 낼 거니?"

"너는 2기분도 아직 안 냈네? 낼모레면 3기분 나오는데 어쩌려고 그러니?"

선생님은 날 보며 눈이 조금 더 뾰족해지는 것 같았다. 선생님 얼굴을 보며 담담하게 말했다.

"지금 대답할 수 없습니다. 돈이 속이는 건데 제가 선생님께 거짓말하기는 싫습니다."

여선생님들 교무실로 사용되는 양호실로 불려갔다. 돈이 없는 게 사실이고 한 번도 어머니에게 수업료 달라고 한 적이 없었다. 달란다고 나올 돈이 아니었던 거다. 선생님께도 사실대로 말했다. 교실에서는 당황했던 선생님이 말없이 다 듣고 나서는 가방을 열어보라 하셨다. 중1이었는데 새 학기에 나오는 참고서를 사본 적 없다. 헌책을 지우개로 지운 바람에 너덜거리는 지난해 참고서 등등을 보시더니 새것들을 건네주셨다. 학교 도서관에 지정석까지 마련해주셨다. 자리싸움으로 난리법석이었던 도서관을 청소당번 마치고도 들어갈 수 있었다. 비로소 집에 책상도 없는 설움을 벗을 수 있었다. 도서관에 있으니 저녁을 굶는 상황이 생겼다.

그해 겨울방학은 수유리에 있는 선생님 댁을 오가며 보냈다. 기꺼이 불러주신 것이다. 중2 수학을 방학 기간 가르쳐주셨으니 무료로 과외를 한 셈이다. 그나마 멀쩡한 양말을 찾느라 법석을 떨었지만 가끔씩 사주시는 크림빵도 잊을 수 없다. 이런 송명숙 선생님이 계셨다. TV 청소년 드라마처럼 저녁을 수돗물로 때우던 시절이었고 매점의 라면 한번 사먹는 게 소원이었던 까까머리였다.

돌아보면, 책상은 대학 2학년 가을에 처음 생겼다. 사마귀만 한 바퀴벌레가 날아다니는 반지하 전셋집에서 살았었다. 거기서 일산 연립주택으로 이사하던 대학 4학년 2학기에 방이 생겼다. 중고교, 대학을 마치는 10년 동안 책상이 없었으니 난생처음 장만한 셈이었다. 연탄보일러 옆방이라서 천국행 열차에 줄 서는 기분으로 잠들어야 했다. 이 방은 신혼방이 됐고 첫 아들을 여기서 키웠다. 넓이가 두 평 남짓이었다.

의료봉사

연보랏빛 꽃이 아롱거렸던 콩 줄거리를 뽑아내고 널어놓고 하느라 하루
가 갔다. '이 뽑고 온 날 콩밥 하는 마누라' 등등의 농담을 하며 허리를
폈다. 동네 고양이들이 낯을 가리는 양 저만치서 구경만 한다. 무심한
척 관심 있는 듯한 다정을 보여주는 고양이의 거리두기를 문장에 응
용해야 할 것 같다. 간간 놀러 왔으니 그럴 만하겠다. 열매에는 한 해의
천지운행이 다 담겨 있는 것이라고 하려니 너무 무난하다. 이유 없는,
지향 없는 존재는 또 없다고 하련다.

저 위의 누군가가 햇살을 거둬가는 시간이다. 수북한 깍지들 아래 올망
졸망한 콩알을 들여다보다가 그만 아득하여서 한 해의 환난을 짚어보
듯 쥐어보았다. 청승 떨 것 같아 털고 일어났다. 감나무 빈 가지를 만져
보고 무 뽑힌 자리의 우묵함을 발로 눌러보았다. 누군가는 빈 가지에
별을 달아보고, 사람이 떠나 우묵해진 빈자리를 술로 채울 것이다. 들
고나는 일이 세상의 운행 이치니까 애달파할 것 없겠다. 그걸 예감하니
두려울 때가 많았다. 철들면 자신을 생각해볼 때가 가장 고통스럽다.

수확 시기를 놓친 매제가 끌탕을 거듭한다기에 손을 보탰다. 인건비가
아니라 의료봉사 심리치료비라며 여동생에게 저녁을 얻어냈다. 맛집이
라는 곳까지 가서 염소무침을 먹었다. 고추장을 바탕으로 한 양념장에

깻잎, 파, 콩나물로 볶아낸 음식이다. 고기는 예의 그 씹는 맛을 주고 각종 나물류가 아삭함으로 누린내를 씻는다. 고기는 북의 둥둥거림, 나물은 태평소의 경쾌함과 맞춤이다. 염소무침이라니 뜨악할 사람도 있겠지만 염髥소는 수염髥 난 소라는 뜻이다. 소고기무침이 맛날 수밖에 없지 않겠나. 하하하.

플라뇌르

1

먹잇감을 물고 있는 상어 이빨이다. 발을 삼킨 채로 동네를 끌고 다니 겠지. 승부라도 볼 것처럼 바투 매어놓으면 어느샌가 느슨해져 있다. 입 안에 든 먹잇감에게 애를 쓰진 않겠다는 나름의 지혜겠지.

신발끈을 묶으며 그 교차선들이 발을 잡아먹으려는 상어 이빨처럼 보 이는 것이다. 이빨은 또 있다. 계단은 우등생처럼 가지런하지만 삐끗했 다가는 뼈까지 분지르는 맹수다. 누구라도 그 위에선 고분고분해질 만 큼 카리스마의 제왕이다. 강철 논슬립이라는 칼을 덧대어 치명적이다. 영화 주인공은 요란하게 굴러도 멀쩡하지만 누구라도 응급실로 직행한 다. 노인들에겐 천국 직행편 탑승구가 될 수 있다.

2

전력질주보다는 빠르고 팔을 휘저으며 걸어도 못 미칠 속도다. 아마조 네스 전사처럼 그녀가 전동카트로 달려간다. 배터리가 용량에 매인 것 처럼 우리도 언젠가는 멈춰 설 것이다. 저 속도로 청춘으로 후진하고 싶을 것 같다.

야쿠르트 배급소에 모여선 전동카트를 보며 배달구역의 넓이와 생계의 무게가 이루는 함수관계를 짚어보곤 한다. 제복을 입으니 차림새의 편차가 없고 마음 편하다. 겨울이라서 그런지 관계없는 사람이더라도 궁색한 차림새를 보면 서늘해진다. 없이 자란 후유증일까. 도울 생각보다 쓰린 기억을 먼저 떠올리니 인간은 영원히 자신에게 갇힌 존재인 것 같아 다시 서늘해진다.

3

시간은 공평하지만 늙음은 편차가 심하다. 공터가 없는 세상인데 직업 없는 삼촌 같은 자투리땅은 있다. 편의점 앞에 벤치가 놓여 있다. 이팝꽃 만발할 때 컵라면 먹으면 밥 말아먹고 싶은 자리다. 친근한 것 같으면서도 거리를 유지하는 비둘기들이 노인 발치에 모여 있다. 먹이주기 금지한다는 플래카드도 걸려 있다. 적의가 없음을 안다는 뜻일까. 비둘기들 사이로 바람이 힘없이 스친다. 겨울을 견디느라 관절이 낡은 것이다. 공평하다는 듯이 노인 발치에 조춘의 양광이 쏟아진다. 힐끔거리며 전자담배를 빨아대는 불량학생들 등짝으로도 환하게 떨어진다. 청춘이니 이만큼이라도 젊어질 수 있을 거라는 듯이 신의 특산품이 가득 쏟아진다. 저들은 소중한지도 모를 텐데, 지금 몰랐던 것들을 오랜 시간 뒤에나 알 텐데 내가 받아 가고 싶다. 젊음은 젊은이에게 주기 아깝다(버나드 쇼). 노인 반대편에 앉아 나올 때 바투 묶은 신발끈을 늦추는 것이다. 시작할 때의 의욕을 후회하는 바보인 양 풀었다가 다시 묶었다. 신은 모든 기도를 들었기에 말도 못 하는 것이다.

4

셈을 못 해서 주인에게 고집부린 적 있었다. 전총명이라는 별명을 가진 아비의 어처구니없는 짓에 놀란 막내가 흠뻑 울었다. 엄마에겐 아무 말 하지 말라고 다짐시켰지만 막내의 젖은 표정이 한참 지속되었고 서로 눈 맞추면 또 울 것 같아 서재에 앉아 울었다. 퇴원 며칠 후의 일이었다.

무언가를 찾는 시선은 누구나 비슷할 텐데 특히나 어리숙해 보이는 모양이다. 예전에 셈법을 놓고 고집부린 장본인임을 기억하는 것일 테다. 친절도 버거울 때가 많다. 주인은 찾는 물건 앞까지 데려가서 지목해준다. '달콤한 베지밀 B' 여기 있어요 하는 식이다. 모른 척해줬으면 싶은데 주인은 이런 부담까지는 모를 것이다. 인근에 새로 생긴 편의점 때문인 과잉 친절인가 의심한 적도 있었다. 졸렬한 태도였다.

5

나갔던 길로 돌아오지 않는다. 나갈 때의 감정과 비교하기 때문이다. 또 그러다가 자책에 빠지고 내일 할 것을 기억해두려 애쓰곤 한다. 볼 것을 챙기려 코스를 생각해둔다. 평범한 나날의 산책을 거창하게 여기는 것은 성과주의자인 탓이다. 산책 하나도 무언가 건져야 하고 머릿속에서 굴리는 문장 하나를 완성해야 직성이 풀린다. 성격 탓이기도 하지만 건설회사 직장생활의 관성일 것이다. 기한 내에 완성해야 하고 이윤이라는 성과를 내야만 하는 곳이다. 모든 일은 서류로 진행하지만 건설회사는 건축물이라는 구체적 결과가 보이기에 더 집착할 수밖에 없다.

돌아올 때의 가벼운 피로감이 좋다. 위선으로 오해받겠지만 돌아올 때 노인들이 더 잘 보인다. 내 허리가 아프니 굽은 허리에 공감하는 것이다. 사람은 주관이라는 렌즈를 통해 타인을 본다. 주관은 경험, 기억, 같은 퇴적물들에 의한 결과치라 할 수 있겠다. 건축을 전공했기에 무엇이건 두드려보는 습관을 가졌다. 남들은 관심 없는 재질, 부착강도 같은 것들이 궁금하기 때문이다. 위선부리는 사람을 건설자재인 양 두드려보고 싶을 만큼 환멸이 엄습할 때도 있었다.

오늘도 집으로 돌아간다. 불확실성의 시대에 집처럼 자명한 대상이 있다는 게 안심된다. 그러다가 아들들 집은 어떻게 도와주나 싶어서 답답해지는 아비인 것이다.

오지랖

"뭐하는 짓이야!" 탁한 음성이 날아왔다. "멀쩡하게 생긴 사람이 꽃을 꺾나 말이야" 하면서 노려본다. 와중에 '멀쩡하게' 보인다는 말은 똑똑히 들었다. 아프고 나서 걸음걸이가 날렵하지 않아 불편한 사람처럼 보일 것 같아 침울했는데 사소한 관용구에 안심되는 것이다. 유모차만 한 할머니가 허리를 간신히 펴면서 매화 잔가지를 매만지신다. 아파트 단지 난간을 따라 심은 매화 가지를 꺾은 탓이다. 그것들이 눈높이와 같아서 치명적인 부상을 입을 것만 같은 걱정을 거듭하다가 내린 용기(?)였다.

오지랖이라 하겠지만 심각한 위해요소이고 공포다. 술 마시고 퇴근하다가 눈을 찔리면 어떻게 되겠나. 건설회사 근무 30년에 각종 골절, 열상, 화상 사고를 보았다. 실제로 얼굴 높이의 파이프에 부딪혀 사망한 사고도 있었다. 점심 먹는다고 달려가다가 그랬으니 어처구니없다. 인천 연수구청 신축 현장이었다. 전기톱에 잘린 손가락 두 개를 들고 병원으로 달린 적도 있었고 정화조 폭발 사고로 즉사한 선배 빈소에서 흠뻑 울었던 기억들이 생생하다. 새로 뽑은 차를 세워놓고 흐뭇하게 바라보는데 연장이 떨어져 문짝에 구멍이 난 적도 있었다. 부천 소풍터미널 현장이었다.

이런 이력을 가졌기에 만사 안전제일이다. 식사 중에 오른쪽에 유리컵이 있으면 그거 건드려 깨질까 봐 신경 쓰다가 밥을 못 먹는다. 프라이팬 손잡이가 앞으로 나와 있으면 부딪혀서 뜨거운 게 쏟아질 테니 얼른 돌려놓는다. 싱크 상부장을 열었는데 접시가 떨어질 것 같으면 다시 정리한다. 물론 이 모든 (남이 봐도 피곤한) 행동은 아내가 눈치채지 못하게 슬쩍 해놓는다. 강박도 성격이려니 하다가 밥 벌자고 애쓰다가 얻은 직업병(?)인 것 같아 억울해진다.

그 매화 잔가지는 첫눈에도 위험했다. 눈높이에 걸린 잔가지를 거의 다 꺾었으니 만약 부녀회에서 알았다면 큰일 날 뻔했다. 소송당하면 이 모든 강박의 내력을 어찌 설명할 것인가. (허리가) 90도 할머니는 키가 유모차만 하니 잔가지들 아래로 안전하게 산보하실 것 같았다. 내가 할 수만 있다면 미끄럼방지 슬리퍼를 사드리고 싶다.

칼국수 수사학

버스, 전철 갈아타고 십여 분 찬바람 맞고 걸어서 칼국수 먹으러 왔다. 한 시간 남짓 걸린다. 맛집이라는데 귀찮아서 포기했다가 나들이 삼아 문산까지 온 것이다. 월셋방에 사는 아들들 부모라서 분양광고만 보이고 지나는 역마다 신축공사 현장을 힐끗거렸다.

만두피 두께가 아마득한 시절의 솜이불이다. 어금니로 누르는데 누군가 덮어주는 것 같다. 누구겠나 우리 어머니 영혼이지. 어머니가 다진 김치와 두부 섞는 걸 시키면 좋아라 장난치던 열 살 시절이 떠오른다. 음식도 사치품인 양 너무 많은 재료들로 범벅인 레시피가 유행한다. 멸치나 사골을 넣지 않은 육수 맛도 묵직해서, 무거워서 고개를 숙이게 한다. 진지하면 지루해진다. 만두 하나 더 건지려는 것일 뿐이다.

반죽하는 아줌마 손등에서 표고를 떠올렸다. 테이블 다섯 개 노포老鋪라서인지 손님은 후루룩거리고 주인은 옆에서 반죽한다. 만두는 성격 늑진한, 가슴속에 잔뜩 품고 있는 총각이고 칼국수는 공부 많이 한 처녀다. 만두는 좋은데 말도 못 하는 숙맥이고 칼국수는 이래도 내 맘 모르겠냐며 허리를 뒤트는 깍쟁이다. 그러나 일단 허리를 잡히면 후루룩, 입안으로 안긴다. 밀고 당기기는 당기는 쪽이 이긴다. 사정없이 밀다간 엎어진다. 숙맥이라서 만두 시키고 깍두기마냥 단정한 당신은 칼국

수 시켰다. 만두 빚는 쥔장 허리가 당신 두 배는 된다고 힐끔거리다가 사레들렸다. 쥔장하고 계산할 때 저만치 떨어져 있었다.

배부르니까 올 때의 찬바람이 시원하게 느껴진다. 올 때는 초행이라서 길이 더 먼 것 같고 불안했는데 어느새 문산역이다. 이렇게 과거를 활용하면 현재가 수월하다. 과거에 집착하다가 넘어진 날이 많았다. 누구라도 과거를 미래로 착각할 수 있다. 즐비한 화환 앞에서 머뭇거리다가 모델하우스에 들어갔다. 문산역이 길 건너이니 흔한 말로 초역세권이다. 여기서 일산까지 30분 더 걸리니까 멀다. 우리 형편은 대출이자만 가깝고 원금상환은 멀다.

2부

/

다정과 소란

거인의 어깨에 올라선 난쟁이는 거인보다 더 멀리 본다.
어리석은 난쟁이는 남보다 멀리 보인다고 으쓱했을 테지만
거인은 무엇을 보았을까.

학을 떼다

안녕하세요. 연세대 나온 성춘향입니다. 저는 작년에 서울대 졸업한 홍길동입니다. 이렇게 자기소개하면, 악수를 교환하면 비위 상할 것이다. 문단은 이런 방식이 상례다. 누구를 지칭할 때도 거개는 '~로 나온 누구'라며 등단지면을 붙인다. 등단이 학력인 것이다. 고3 시절 학습능력이 평생의 프리미엄으로 작동하는 것도 합리적 사회는 아니다. 인간존재를 증명할 그 무엇이 이렇게 초라하니 문단이 초라한 거 아닐까. 조만간 돌 맞을 것 같다.

가능하면 '등단'이라는 용어를 사용하지 않는다. 차라리 '데뷔'가 낫다. 차별과 계급을 버리려면 학(歷)을 떼야 한다. 자신의 시집을 소개하는 게 낫겠다만 그 역시도 번다한 일이다. 어느 자리에서 "전영관입니다" 하고 자리에 앉으니 "어디로 나오셨어요?" 하는 사람도 있었다. 그이에게 '이런 건 어디서 배우셨어요?' 하고 싶었지만 그냥 웃었다. 명함엔 아무것도 없이 이름 석 자만 있고 뒷면에 메일과 전화번호가 기입되어 있다. 아무개요, 하면 다 통하는 게 궁극이다. 프로필은 결국 당사자에 대한 선입견만 남기고 또 그것들이 쌓이면 편견으로 강화될 수도 있다.

첨언해서—서정시, 참여시, 생활시, 전위시 등등 분류하면 서열이 시작되고 파벌이 형성된다. 주력부대에 편입되려고 그이에게 줄을 대는 일이 생길 것이어서 분류한 자는 권력을 가진다. 어느 범주에 강제로 편입되어 선입견을 뒤집어쓴 경우, 자격도 없는 것 같은데 앞줄에 선 꼴도 볼 수 있겠다. 학을 떼려다가 누가 떼어내는 건 아닌지 걱정스럽다. 젖은 낙엽 작전은 슬프다. 젖으면 부패하기 쉽다.

퇴고가 최고

'네 자유와 권리는 네가 저항한 만큼 찾는다'는 까뮈의 말을 곱씹어보자. 그렇다면 시는 고민한 만큼 찾는다(완성)는 뜻 아니겠는가. 쓰는 재주가 아니라 퇴고하는 끈기가 중요하다. 자신과 끝까지 타협하지 않는 결벽도 필수적이다. 누가 가르쳐서, 반복해서 향상된다면 그건 예술이 아니고 기술이다. 시인은 만들어지는 게 아니라 발견된다는 말에 동의한다. 결국 '되어진 누군가'가 나타나는 것이다. 문청의 시는 '되어가고 있는 시이지 이미 되어 있는 시'가 아니다. 젊은 시인들의 시에게 보낸 김현의 말이다.

사물에 대한 '이미 만들어진 관념'을 배제하고 '나만의 개념'을 만들어야 한다는 에즈라 파운드의 말도 새겨둘 만하다. 위대한 글쓰기는 존재하지 않는다. 오직 위대한 '고쳐쓰기'만 존재할 뿐이라는 E. B. 화이트의 말이 이 논리의 토대를 만들어줄 것이다. 중언부언, 부담스러운 의태의성부사들의 남발, 키치적인 유행어들을 참신이라 착각하는 것 같은 태도, 설명과 표현을 구분 못 하는 기술방식 등등의 숱한 나쁜 버릇은 반복적으로 지적해야 겨우 고칠 수 있다. 코로나 시대의 재치라며 '확 찐 자' 따위를 시에 넣는 순간 망한다. 결국 효과적인 창작학습법은 퇴고(지적)에 있다.

뜬구름을 표현해보라고 하면 막막해하는 사람에게 구름 관련한 그의 진술을 예상하며 퇴고를 권하면 즉각적인 반응을 보인다. 지난 5년간 창작수업을 지속하며 실감한 부분이다. 학생의 주관과 선생의 객관이 화학반응을 일으키는 것이다. 쓰는 방식이 아니라 보는 각도를 고민해야 한다는 점을 인식시켜야 한다. 주관에 갇히면 어떤 노래를 불러도 트로트 뉘앙스가 나는 가수가 되는 셈이다. 새롭게 해보려고 무리하진 말고 다르게 보는 방식(ways of seeing, 존 버거)을 고민해야 한다.

기준

성공은 '받는다'는 뉘앙스를 가진다. 추앙, 재물 같은 것들을 진상하는 사람들에 둘러싸여 그것들을 누리며 겸손을 치장하고 흡족해하는 일이다. 염치없는 사람이 이런 자리에 가면 염결도 없으니 쉽사리 상하고 악취가 번진다. 변했다는 평판이 나온다. 거지는 부자를 부러워할 거라고 생각하겠지만 자신보다 동전 하나를 더 받은 거지를 질투한다. 성공한 자들도 이와 같아서 조금 더 받은 동료를 질투할 것이다.

수락은 욕망을 채우는 행위이기에 이유가 없다. 민망한 척하며 속으로 미소 지을 것이다. 거절에는 그 이유가 따른다. 물론 자신을 감추려는 이유로서의 미장센일 수도 있겠지만 그것은 자신을 거절하는, 욕망을 잘라버리는 칼의 다른 이름이다. 나름으로 인정하는 성공의 기준은 '거절'이다. 어떤 자리를, 보상을, 재물을 거절하느냐를 기준하고 그 의사표현 방식도 포함된다. 이것처럼 배려가 요구되는 행위도 따로 없다. 자신을 다루는 기술의 정밀도에 감탄했을 때 그는 성공했다고 박수 보내고 싶어진다.

사족: SNS가 극성인 세상에서는 누구나 자의 반 타의 반으로 자기정보를 제공하는 꼴을 벌인다. 외부화되는 것이다. 인간은 정보를 접하면 평가(質)한다. 이 평가폭력에 시달리지 않는 방법은 누구나 알 것이다. 말을 줄이면 뒷말도 줄어든다.

웃는 염소

"새조개 샤부샤부 일 인분에 얼마죠?" 하라고 아내를 시켰다. 사나이 가오가 있지 그런 걸 물을 수 없다는 바보짓이다. 예상대로 한판에 12만 원이란다. 2~3인분 기준이라는데 둘이 가서 그 비싼 걸 남기면 또 마음고생할 것 같아 포기했다. 주머니도 시원찮은 깜냥에 별미는 알아서 12월이면 방어, 1월이면 새조개, 그다음엔 도다리 기타 등등 침만 삼켰다.

아무튼 새조개는 잊어버리고, 오늘 우리 동전 바꾸러 왔다. 기계에 쏟아 넣으니 자동으로 포장돼서 나온다. 입출금도 아닌 잡무니까 찌푸린 얼굴로 동전 헤아리는 은행원을 떠올리며 왔다. 구닥다리 상상력을 장착한 셈이다. 헤어린스 같은 미소로 끝나셨다 한다. 31만 원이다.

돈 없다는 궁상은 아니고 재미 삼아 별식 먹으러 갔다. 일 인분에 23,000원짜리 염소무침이다. (희생양 할 때의 '양'은 양이 아니고 염소다.) 염소무침이라니 뭔가 징그럽지만 염소는 억울할 것이다. 어쨌거나 우리 염소(고기)무침 먹으러 갔다.

장항동 밭 구석에 있었는데 번듯한 장소로 이전한 곳으로 찾아갔다. 10년 단골이다. 11시 40분경에 우리 둘만 앉아 있으려니 맛이 변해서 손님 끊어졌나, 인심이 사나워졌나 하면서 불안해지는 것이다. 먹다가 돌아보니 손님이 그득하다. 이제서 안심되고 무침 맛도 뭔가 더 좋아진 것 같으면서 맛집 단골인 게 뿌듯한 느낌이다가 이게 웬 바보짓인가 싶었다. 둘뿐일 때는 불안했다가 여럿이 들어오니 안심되는 심리는 어떻게 작동되는 것일까. 이것도 군중심리일까 타인에게 업혀 가려는 자신감 부족일까. '내가 들어가면 손님이 주르르 들어온다니까' 하는 사람들 너스레는 어디서 왔을까. 건너편 아저씨 염색머리가 햇살에 반지르르 윤이 난다. 흑염소 털 같다고 쿡쿡거렸다. 왁자한 저 흑염소 무리들께서 건강하시기를—.

소나기

집밥에 물린다. 공원 평상에 앉아 우리 동네 8,500원짜리 옛날통닭을 즐기기로 했다. 피크닉 간다는 마음에 외국영화 장면을 그려보았다. 현실은 늙은 닭껍데기인데 어이없게도 제레미 아이언스, 마리옹 꼬띠아르 같은 얼굴들을 떠올렸다.

옛날통닭은 매장 없이 길에서 기다리는 알뜰방식이다. 인기라서 줄 서는 모습도 여러 번 봤는데 아무도 없으니 잘 풀리는 날이다. 한 마리하고 다리 두 개 추가하는 동안도 주인의 땀방울이 겁나게 흐른다. 돈 버는 거니까 안쓰럽게 생각하진 않았다. 다리 추가까지 도합 13,500원짜리 저녁이 튀겨지고 있는데 말 그대로 소나기가 퍼붓는다. 물에 튀겨진 통닭 꼴이 됐다. 땀에 젖은 주인 보다가 우물쭈물하다가 편의점으로 뛰었다. 주문 들어가기 전이니까 홀가분했다. 5,000원짜리 비닐우산 샀다. 홧김에 옆에 있는 초밥집으로 들어왔다. 저렴한 점심 스페셜만 즐기는 곳인데 생각도 못 한 저녁 메뉴를 메뉴판 사진으로 보니 역시나 어마무시했고 또 양도 많아서 부담스러웠다. 절대로 돈 때문은 아니다.

아슬아슬한 기분으로 메뉴판 살피다가 일 인분에 12,000원짜리 회덮밥을 봤다. 지체 없이 이견 없이 정했다. 피크닉 망치고 비 맞고 헛돈 쓰고 거리는 비에 씻겨 멀끔한데 할 수 없이 산 비닐우산은 반들거린다. 비 그치면 우산을 후회하는 게 소나기의 철학이다. 닭집에 사람들이 줄을 섰다. 기름 냄새가 고소하게 방글거린다. 소나기 속에서도 앞이 보이는 투명우산이 지혜인지 생활력인지 어느 것이 저렴한지 가늠해보는 것이다. 통닭에 우산까지 도합 18,500원, 회덮밥 24,000원인데 어느 것이 합당한지 두 사람 저녁이 어느 것이 맛있는지 견줘보는 저녁이다.

매출과 피로는 비례하지만
사장과 종업원의 임금차별만큼
희망의 육질은 서로 다르다
「갈빗집 사용설명서」 부분

높이와 깊이

1

소설가 윤정모 선생님 일행과 함께 만해마을에서 돌아오던 길이었다. 의암댐 옆의 허름한 양옥집에서 닭갈비를 먹었는데 일미였다. 흐르다 마주친 바위를 다시는 못 보는 여울처럼 그 이후로 못 왔다. 번듯한 건물로 리모델링되었는데 맛은 예전 그대로다. 창밖 윤슬을 곁들여 점심 먹고 다음 행선지로 갔다.

2

걸핏하면 백운대, 원효봉, 비봉으로 아내를 데리고 다녔는데 백운대에서 내려오다가 사달이 난 것이다. 무릎 아픈 사람과 함께 사느라 몇 해 동안 산을 굶었다. 단풍 구경으로 창덕궁 같은 곳을 다녔지만 올해는 그것도 못 했다. 궁여지책으로 케이블카를 타고 심악산에 올라왔다. 호수가 보이고 단풍도 풍족하니 양수겸장이다.

3

무릎 아픈 사람에게 맞춤인 곳을 골랐다며 큰 인심 쓰는 양 올라와서 내 것도 아닌 단풍을 자랑하고 의암호를 칭찬해댔다. 몸이 불편한 분들 여럿이 보호자의 부축 받으며 데크를 걸었다. 요양병원에서 소풍 삼아 올라왔나 싶었다. 그이들의 감탄이 과도해서 외려 슬펐다. 절절한 진실

앞에서 떤 허풍이 머쓱해서 찬바람 부는데 아이스크림 먹자고 했다.

4

호수에 솟구친 철탑, 주렁주렁 매달린 케이지가 끔찍했다. 케이블카는 남산과 설악산 말고는 타본 적 없었다. 자연보호 등을 위시하며 거부한 게 아니라 케이블카가 있는 유원지 부류를 좋아하지 않는다. 호젓이 명 때리기를 즐기는 탓도 있다. 축대에 앉은 모습을 찍어주겠다며 둔치 수풀을 헤치고 내려갔는데 도깨비풀이 전신에 붙어서 따끔거렸다. 서로 떼어주느라 허둥거렸는데 누군가는 저 사람들 애정표현도 참 특이하다 했을 것이다. 우린 이 잡아주는 원숭이 같다고 깔깔거렸다.

5

심악산은 일상의 높이라서 풍광이 시원한 것일 테고 의암호 데크길은 생각이 많아지고 넓어지는 또 다른 깊이일 테다. 11월은 1과 1처럼 나란히 가고 제각각 간다. 우리는 자신을 사랑하며 나란히 가는지 자기혐오에 빠져 제각각 가는지 벤치에 앉아 호수만 바라보았다. 내가 나를 바라보았다. 살아가는 일은 케이블카처럼 안전하다는 말을 들으면서도 아슬아슬하고 때로는 지루함이다. 떨며 지나갔지만 그 유리바닥을 되돌아와야 한다면 엄두도 못 내는 일 같은 두려움의 재방송이 모두의 생이다.

다정과 소란

거인의 어깨에 올라선 난쟁이는 거인보다 더 멀리 본다(조지 허버트). 어리석은 난쟁이는 남보다 멀리 보인다고 으쓱했을 테지만 거인은 무엇을 보았을까. 거인이 현자라면 난쟁이와 앞에 보이는 것들에 대해 대화했을 것이다. 도대체 어디까지 봐야 하는지 무엇을 유념해야 하는지 모르겠다.

절벽 잔도棧道, 주상절리 길을 걸었다. 한탄강 절벽이라는 거인의 허리띠를 종종거리는 개미인 듯 하루를 걸었다. 순담계곡에서 드르니까지 편도 4킬로미터 거리니까 한 시간 남짓이겠다 싶어서 왕복하기로 했다. 출발은 해를 마주 보고 가는, 하류로 내려가는 길이다. 돌아올 때는 해를 등지고 거슬러 오르는 길이어서 풍광은 또 다르다. 강을 내려갈 때와 오를 때의 생각이 어떻게 다른지 연어에게 묻고 싶었다.

노모에게 어떻게든 더 보여드리려는 딸의 뒷모습이 애잔했다. 일방통행으로만 갈 수 있을 정도로 좁고 혼잡한 길을 찰싹 붙어 나란히 가는 청춘들이 부러웠다. 질서보다 사랑이 우선한다는 그런 치기가 또 부러웠다. 모자와 선글라스로 얼굴 절반을 감추고 하나같은 포즈로 손가락 하트를 날리는 중년 여인들이 카메라 앞에서 야단이다. 멍때리기가 특기여서 비켜달라는 소릴 못 들어서 몇 번이나 눈총받았다. 손가락하트,

브이 같은 저런 상투적인 손짓들이 추억을 깊이 새겨주는 연장 아닐까 생각했다. 대략 7,000명이 오글거리는 잔도에 상투와 지극함과 깔깔거림이 물소리와 뒤섞이고 있었다.

돌아오는 길에 포천 아트밸리에 들렀다. 산을 뜯어먹은 채석장에 물을 채운 천주호 말고는 밋밋하더라는 곳인데 자신에게 확인시키는 차원에서 호숫가에 앉아 있었다. 못 가본 곳은 상상에 의해 미화되어 남고 미련만 커진다. 늦은 시간이라 사람이 없어서 오랜만에 고요를 만끽했다. 한탄강 절벽은 50만 년 전부터 형성됐는데 여기는 30여 년에 걸쳐 만들어진 곳이니 비교 자체가 안 된다. 인간은 어떤 일을 한다기보다 저지른다는 말과 어울린다.

어제, 진관사

우는 사람은 울음을 그친 후에 다독여줘야 한다는 걸 안다는 듯 한번 두드리고 맥놀이가 다 가라앉을 때까지 기다린다. 다시 한번 두드리는 뒷모습이 동그래서 우람해야 할 당목撞木마저도 얌전하게 보인다. 스무 살 남짓 돼 보이는 비구니가 우는 친구를 다독이듯 당목을 민다. 섬연 纖妍하다는 말을 떠올려보았다. 사람을 잃은 친구가 있을 거라고 짐작 해버렸다. 왜 만사가 신파적인지 고민도 했는데 관계에 예민한 탓이라고, 상처를 두려워하기 때문이라고 스스로를 변호해주었다.

주차장 들어가느라 30분 넘게 기다렸다. 개울가 벤치에서 김밥 먹고 올라와 절집 카페에서 둘이 팥빙수 하나로 입가심했으니 오늘은 노을도 달달할 것 같다. 배롱나무 가지에 간질밥 먹이다가 대웅전 뒤에선 홍송을 바라보았다. 노을에 젖어 더 붉고 훤칠하니 눈맛이 좋다. 복전함엔 접힌 지폐들이 가득하겠지. 접어 넣은 그것들이 평평하게 펴지기까지의 시간이 불안이 잦아드는 시간 아닐까 생각했다.

발 담그고 물소리 들은 게 언제인지 가물거린다. 중년 몇몇은 도란거리고 청춘들은 즤들 청춘을 사진 찍느라 옷 젖는 줄도 모른다. 다정한 커플을 보면 부부는 저렇게 달달하지 않은데 어떤 사이인지 궁금하다며 농담하곤 했다. 여기선 그런 말 어울리지 않는다. 산벚나무가 아버지처

럼 늠늠하고 폭포가 총각처럼 사타구니로 힘을 쓴다. 건너편 남녀가 도
시락을 먹는다. 상추며 불고기에 알뜰히 준비한 것 같다. 난맥이지만 생
은 저렇게 한 사람을 챙기고 먹이는 일이다.

청평호 물빛과 눈빛

물가가 그리 좋으냐는 질문에 낚시를 30년 했다는 변명을 하곤 한다. 바다에선 먹먹함과 광활함이 갈마들어서 신을 느낀다. 손이라도 적시며 가만히 보고만 싶은 호수에서는 아버지를 회상한다. 안에서 그득하게 일렁이는 것들이 넘쳐도 들키지 않을 것 같아 몇 시간이고 앉아 있었다. 아픈 아들과 팍팍한 살림살이를 엄살 부리고 싶어 하염없이 물만 바라보는 것이다. 말하면 서늘해질 곳을 서로 잘 알아서 우리는 말을 줄이고 뜬금없는 화제로만 에둘렀다.

세 시간가량을 말없이 나란히 앉아 있었다. 해지기 전에 사진이라도 찍자고 몇 마디 나눴을 뿐이다. 나이라는 죄를 지어서 엄살도 못 부리고, 아비라는 종신형을 받아서 말도 못 하고, 남편이라는 느꺼움을 자청했으니 말을 아낀다. 우리는 호수만큼이나, 서로의 눈빛만큼이나 빚을 진 사람들처럼 호수와 하늘만 번갈아보았다.

잔잔한 호수로 모터보트가 지나간 후에 물결이 일렁이며 이리로 온다. 이렇게 울렁거린 적 많았다. 정작 모터보트는 못 보고 그걸 뒤따르는 물결에나 우왕좌왕하는 건 아닌지 두리번거렸다.

선유도공원

베트남 강변인 듯, 발리 어느 리조트 느낌이다. 그 언저리 언어로 환담하는 종업원들 덕분이다. 바비큐 식당은 고기 상추 등등을 각자 고르는 방식이라서 장 보는 것 같다. 강과 북한산 풍광도 밑반찬인지 음식값이 제법이다.

강변 벤치에 앉아 저녁 빛이 건너편 건물들을 물들이는 풍경을 오래도록 바라보았다. 생의 에피소드처럼, 모터보트가 지나갔다. 강은 날카롭게 갈라지다가 이내 수평을 잡는다. 강은 저런 흉터를 무수히 감추고 있을 것이다. 무언가를 처음 본 사람은 장황하고, 숱하게 겪은 사람은 미소만 짓는다.

아파트에 하나둘 불이 켜지는 시간이다. 켜진 집, 캄캄한 집들의 주인은 어떤 사정일까 하다가 사소한 것에 감정을 투사할 필요 없으니 다리 경관조명을 감상했다. 여의도 오피스빌딩 불이 꺼지면 저 아파트에 불이 켜지는 건 아닐까 하는 것도 오랜 직장생활의 후유증일 테다. 대출의 불이 꺼져야 생계가 밝아지는지, 그것을 꺼버릴 용기가 있기나 한지 강물에 어른거리는 불빛들에 스스로를 얹어보았다.

눈부심

《아토포스》 창간식에서 그이를 만났는데 다짜고짜 비상계단 입구 뒤로 이끄는 거라. 어떤 봉투를 주머니에 억지로 넣는 거라. 축의금을 보냈는데 답례를 하려는 건가 하다가 그 성품을 알기에 실랑이를 멈추었다. 작은 문학상 하나 받았단다. 집에 돌아와 검색했더니 상금이 천만 원이었다. 그이 특유의 푸근함이다. 조만간 밥 먹자고 연락할 것이다. 함께 공부했던 분들과 달달한 하루를 보내야겠다.

그이는 꼬박 3년을 내게서 시 공부를 했던 사람이다. 본인만 모르는 나쁜 습관들을 지적해주고 제출한 시를 첨삭으로 뒤집어 보이며 그야말로 뒤집어보는 본보기(수정안보다는 리모델링이라 부르기로 했다)를 들어주었다. 본받아야 할 시집들을 주거나 소개했다. 실력이 아쉽다는 말은 발전의 여지를 두는 격려지만 삼류라는 수군거림을 받으면 둠벙에 빠진 염소가 된다고 박장대소하곤 했다.

그이의 사생활보호를 위해 공개할 순 없고 작년엔 모 지방신문사의 신춘문예에 당선됐는데 올해엔 모 문예지로 데뷔했다. 다만 그이에게 문장을 바르게, 인정욕구를 극복하는 길로 가야 한다고 강조했을 뿐이다. 으밀아밀 할 것도 없지만 문단은 사납고 때론 음험한 곳이기 때문이다. 절름발이 선생에게서 스스로 뜀박질을 터득한 셈이다. 그이에게 내년의 눈부심을 기대한다.

시그널

열두 권의 시집을 펼쳐놓고 고민했다. 이건 서정적이라서 그이에게 도움될 거라, 팝송 분위기가 그이 문장의 느른함에 자극을 줄 거라, 하면서 시집들을 세 그룹으로 갈랐다. 함께 시를 공부한 셋에게 나눠줄 요량이다. 선생이 꼭 읽어보라는 시집이니 자칫 잘못된 시그널을 줄 수 있기에 숙고를 거듭했다. 김상미, 박철 시인 들의 시집이다. 사서 읽는데 고맙게도 보내주었으니 두 권이 된 셈이다. 두 권이니 당연히 나눴다. 2022년 경기문화재단 지원금 수혜자 앤솔러지를 포함해 개인당 네 권이다.

허술한 곳을 찌르니 머쓱하고, 첨삭하니까 당신이 보기에도 낫지 않느냐며 본인에게 자괴감을 느끼게 하던 나날이 3년이다. 그중 한 분이 문학상 받은 축하 자리에 모였다. 시 전문지 《아토포스》 창간식에서 주머니에 봉투를 밀어 넣은 그분과의 약속대로였다. 인사동에서 점심 먹고, 올드함을 타파해야 한다며 익선동으로 자리를 옮겼는데 청춘들이 가득해서 우린 딸 찾으러 온 부모 꼴이 된 것 같았다.

12시에 만나서 두 끼니 먹고 6시에 헤어졌으니 종일 떠든 셈이다. 글쟁이는 유언장마저 퇴고하느라 제대로 죽지도 못할 거라고 웃었다. (일류 되겠다고) 삼류 짓 하지 말고 시만 쓰면 중간은 된다고, 문단에 시인은 많아도 소문은 좁은 곳이니 난처하면 빙그레 웃기만 하자고 낄낄거렸다. 그나저나 우리 옆자리의 연인들 눈부심이 오래도록 남는다. 시가 낡아간다면 뼈를 깎을 거면서 몸이 늙는 건 외면하고 살았다.

다섯 손가락

우리 1남 4녀가 전부 모였다. 여동생 아들, 조카 결혼식 참석차 부산에
모인 것이다. 누나들과 수다판을 벌일 기회지만 아내 입장에선 시누이
넷이 한자리에 모인 꼴이다. 동생네가 호텔까지 예약해주는 결혼식하객
용 풀패키지다. 조카는 성실하고 실력 좋은 박사고 해서 잘 살 것이다.
어디선가 아버지 어머니가 지켜보시리라. 차마 말 못 하고, 참견하지 못
하는 경우도 많아서 부모는 자식을 지키는 유령 같은 존재라고 운 적
있다. 다 같이 늦은 아침 먹자는데 우리 식구는 광안리로 빠졌다. 막연
히 광안대교를 배경으로 회를 먹고 싶다는 생각을 오래전부터 했다.
이런 것들이 욕심인지 잡념인지 모르겠다. 어떤 결핍의 증환(sinthome)
이겠지.

우리 집을 제외한 넷은 자산이 엄청난 수준으로 차이 난다. 누나들이
자산가라서 괜히 좋고 뿌듯할 때가 많았다. 하나뿐인 이 아들은 월급
쟁이 하느라 빌빌거리더니 뇌경색으로 비실거리는 꼴이 되었다. 형제간
이더라도 경제적으로 격차가 벌어지면 어색한 부분이 생기게 마련이다.
그런 걸 느낄 때마다 질투는 아닌 심란함이 스친다. 없이 자라서인지
잘 먹고 잘 쓰며 살고 싶었다고 변명할 수 있겠지만 전적으로 내가 아
둔한 탓이다. 시인이랍시고 가시를 가진 문장들에 찔리며 어휘들에게
베이며 살았다. 누군가는 돈이 뭐 중요하냐고 눈에 힘을 주겠지만 그

돈이 거의 전부를 결정한다는 체념을 얻었을 뿐이다.

사진을 오래도록 간직하고픈 마음에 인터넷 공간에 올려놓았다. 늙으며 점점 어머니를 닮아가는 누나들을 보며 내 감정의 온도가 한 눈금 내려갔다. 누나들은 나를 보며 아버지를 떠올렸을 것이다. 그리움과 외로움의 차이를 생각해보았다. '사이 좋게'니까 '차이 좋게'라고 해보련다. 부산 바다의 물고기는 바닥으로 내려갔다가도 부레로 떠오를 텐데 종이 심장을 가졌는지 상심에 젖어 한번 가라앉으면 올라오지 못했다.

아파트 아랫동네 고만고만 단칸방에서
겨울바람 뒤꿈치 쿵쾅거리고 가는 소리에 가물가물
막내부터 잠들던 밤
초승달도 우리 동네 지나갈 때엔
펄렁대는 천막지붕에 혹시 걸릴까
뾰족한 끄트머리 살짝 오므리며 웃었답니다
「울퉁불퉁」부분(『바람의 전입신고』에서)

안녕

신혼 장롱과 이별했다. 장가가는 게 벼슬인 양 건들거리며 가구점 돌아다니던 그 시절이 아슴하다. 눈만 마주쳐도 히죽거리게 되는 여자를 얻었으니 그럴 만했다. 우리 부부의 비밀을 제일 많이 아는 최측근이면서 첫째, 둘째의 배냇저고리를 품어준 보모다. 우리 방에서 어머니 방으로 옮겼을 때는 젊었던 장롱이 갑자기 노인이 된 것 같아 괜히 문짝을 만져보곤 하였다.

80년대 유행인 짙은 밤색이라서 어머니 방이 칙칙한 것 같아 흰색으로 리폼했다. 우리 살림도 이렇게 업그레이드되면 좋겠다며 부자 운운하는 말끝에 어머니는 몸만 건강하면 뭐든 다 할 수 있다고 강조하셨다. 당근마켓에서 신품의 5분의 1 가격으로 신품에 가깝다고 주장한 걸 장만했다. 그 당근마켓이라는 게 파는 사람에겐 불필요한 것을 돈 받고 치우는 성공사업이고 아차 하고 애물단지를 들여오는 실패가 갈마드는 곳이라서 별것도 아닌 것에 결정장애를 겪는다.

누군가의 성공이 내 낭패가 될 수 있다는 양면성을 생각해보는 오후다. 소심한 사람은 거기 어떤 기운이 딸려 오나 싶어서 찜찜해할 것 같다. 담대한 사람은 까짓것 털어버릴 수 있다고, 별걸 다 신경 쓰고 산다며 장담할 것이다. 환하게 리폼한 장롱과 바꾼 판국이라서 그런지 아무래도 색이 진하다. 어쩌겠나 정들여야지. 34년을 함께 산 우리 장롱은 지금 이마에 폐기물스티커 붙이고 우두커니 서 있다. 오래 고민했지만 이별이 이렇게 간단하니까 허망하고 사늘해진다.

운명을 비웃고 싶을 때는

누가 벗었는지도 모를 재활용함에서 가져온 외투를

몇 번 털고
아무렇지 않게 입었다

「무적」 부분(『미소에서 꽃까지』에서)

인수인계

아버지가 1992년에 떠나셨으니 내가 서른두 살 때다. 저승에서도 노동을 하시려는지 망치자루를 잔뜩 남기고 가셨다. 그 연장통을 열어보고 울었던 날이 엊그제 같다. 목숨 값으로 사고 보상금을 남기셨다. 고지식하게도 마지막까지 가장의 임무를 다하신 셈이다. 부전자전이라 고지식하고 돈과 타협도 못 하는 이 아들을 걱정하셨을 것이다.

성묘하다가 지금 장남 나이가 아버지 떠나시던 무렵의 서른두 살 아닌가 짚어보았다. 벌써 서른네 살이다. 무엇을 물려줄까. '망할 놈의 예술은 한답시고'(찰스 부코스키) 원고뭉치를 남기면 자식 입장에선 큰 부담일 것이다. 유고시집을 내드리니 뭐니 하면서 사나운 문단을 앵벌이하듯 돌아다닐 테니 그 꼴은 못 본다.

집 팔아서 아파트 평수라도 넓히면 좋겠지만 돈도 아닌 긔들 할아버지 묘소번호를 남겨주기로 했다. 이런다고 내가 지금 중환자 상태는 절대 아니다. 자주 오진 않았으니 행여 못 찾을까 걱정한다. 어린 귀신이 되어 부모 곁에 앉아 있고 싶으니까 어느 명절에 찾아오면 아들들 얼굴도 볼 수 있겠다. 용미리 시립묘지 400구역 일련번호—402030—이게 유산이다. 자주 오라는 뜻은 아니다. 자식 힘들면 부모는 뼈가 부러지는 것 같더라. '도서관에 앉아 스펙을 쌓기보다는 일자리를 달라고 정부에 시위하는 것'(마르크스)이 효과적임을 일러주었다.

늬들 찾기 좋게 교통 편한 납골당에 있으련다 생각하는데 장남이 갑자기 무슨 일이냐며 묻는다. '난 벌써 다 알아요' 하며 심드렁한 척한다. 산길은 잘 모를 텐데 이런 허세라니……. 장남이 믿음직스럽고 웃음 번진다.

엎질러진 듯 현기증이 흥건합니다
젖은 흙을 디디는 바람은 소리도 없고
주변을 다 덮은 어둠과 내 늑골이 맞닿아
서로 뻐근한 저녁입니다
「3월」 부분(『부르면 제일 먼저 돌아보는』에서)

장르 통합

아침 식사는 시작의 의미와 반대로 후회에 가깝다. 속이 울렁거리니 어제의 과음을 떠올릴 테고 입맛이 깔끄러우면 사람에게 부대낀 일들을 곱씹고 그 장본인을 혐오할 것이다. 이런 감정들이 자기연민을 증폭시키고 하루를 겪어야 한다는 권태가 어깨를 짓누를 것이기에 아침 식탁의 감정은 후회와 가깝다. 식사를 되새김질이라 해도 될 것 같다. 시간도 없고 이런 너저분함이 싫어 식사를 거른다면 홀가분함보다 희미한 불안을 느낄 것이다. 든든하게 챙겨 먹고 나섰을 때의 든든함과 비교해보면 누구라도 그 불안을 수긍할 테다. 인간도 짐승이기에 배를 채워야하지만 배를 채웠는데도 허우룩한 존재가 인간이다.

점심은 안타깝게도 식후에 해치워야 할 업무를 반찬으로 삼는다. 인간은 근본적으로 게으른 짐승이니 일거리 앞에 편할 리 없다. 속으로험한 말을 쏟고 싶은 상사의 잡담에 간을 맞춰줘야 하고 자신의 식성과 정반대로만 결정하는 동료들의 무신경이 짜증 난다. 고르고 결정하고 이런 것들이 귀찮아서 행한 것들의 누적이 습관이다. 그러니 습관의반대말은 바지런함이다. 짜증 날 정도로 대책 없이 긍정적인 사람에게'나로 태어나서 살아보라'고 퍼붓고 싶을 정도로 자신이 버거운 존재가인간 아니겠나.

가족이야 불문율이고 저녁은 사람을 떠올리게 한다. 그게 친구나 애인이라 짐작하지만 남겨진 감정해소를 위해 동료와 충돌하는 경우도 있다. 점심 무렵의 감정이 여진을 반복하는 것이다. 당장 밀쳐버리면 속이 풀리겠지만 상대를 내일 또 봐야 한다는 사실에 속이 터진다. 저녁의 테마는 감정이다. 저녁은 그날의 슬프고 즐겁고 다정한 사건들이 군무群舞를 시작하는 무대다. '들이받기'같이 내일 아침에 곱씹을 것들을 저지르는 순간도 있을 것이다.

점심과 저녁, 두 장르를 통합하는 방식은 술이다. 점심은 업무를, 저녁은 친구를 떠올리기에 술자리에서 둘 다 할 수 있겠다. 업무와 친구 둘 중에 하나만 선택하라면 숙면을 선택할 만큼 자기착취에 지친 시대다. 인간은 사랑 말고 또 어떤 것을 발명해내야 살아갈 수 있는지, 욕망의 크기가 얼마이기에 또 다른 아쉬움을 드러내는지 두렵다. 세 끼니를 다 챙겨도 허우룩한 까닭은 무엇일까. 지쳤을 때는 식탁 유리가 차가운 것조차도 버겁지만 금세 잊는다.

전략

봄비는 허망하게 떨어뜨려 꽃값을 올려주니까 벚나무와 동업자다. 꽃 피었을 때나 꽃에 기대어 이름을 부른다. 꽃지면 신록의 나무일 뿐 이름조차 잊어버린다. 나무 하나에 셀 수도 없이 피었는데 이렇게나 흔한데도 귀하니까 꽃이다. 신이 컨설팅해준 꽃의 전략이다.

꽃을 피우며 이름을 되찾은 명자나무 벚나무가 봄볕 아래 수런거리는 오후가 좋다. 산책을 나무가 많은 코스로 잡기에 계절변화를 제대로 볼 수 있다. 열매로 제 존재를 확고히 한 모과는 꽃을 알아봐주는 이 없이 피었다가 사위었다. 매실 꽃은 매화梅花, 모과 꽃은 향에 따라 향화香花라 해볼까.

서재 창밖 산사나무가 앞을 가려서 답답했고 화단의 철쭉을 제대로 볼 수 없었다. 미당未堂은 초록이 지쳐 단풍 든다(「푸르른 날」) 했는데 '초록에 지쳐' 답답증을 앓는 인간도 있는 것이다. 홧김에 베어버렸으면 싶다가 무지막지한 것 같아 관리실에서 합법적으로 전지해주면 좋겠다는 생각을 품고 있었다. 나무는 자른 만큼 크게 자란다는 말로 희망사항을 미화하지 못했고 답답증이 심해서 고통받는다는 엄살도 내세울 수는 없었다. 희망사항을 이루면 아롱거리는 산사나무 꽃을 잃어버리고 겨우내 찾아오던 곤줄박이 박새와 이별할 것이다. 붙들지도 못하는 이별로 제 존재를 증명하는 것들이니 슬프다. 부재로 존재를 증명한다(발터 베냐민).

아내는 몸통만 남기고 전지하는 방식, 강전지強剪枝한 화단을 산책길에 사진 찍어두었고 그걸 근거로 관리소에 호소했던 것이다. 다른 단지도 이렇게 해서 바깥을 보게 해주니 우리 집도 해달라 했을 테지. 소심한 성격이라서 그런 요구는 못 할 텐데 고맙다. 창밖이 시원한 만큼 울컥한다. 그런 속도 모르고 톱질한 방향이 가지런하네, 꽃눈을 해쳤네 하며 덩달아 찍어댔으니 민망함이 만개했다. 사철 내내 그 민망함이 피어날 테니 눈치라도 길러야겠다.

칠푼이

바람은 도박에 미친 사촌형이다. 어디 숨었다가 왔는지 어디로 내뺐는지도 모른다. 어제 오후엔 만발했었는데 하룻밤 새 벚꽃을 다 털어가버렸다. 올봄도 망했다. 붙들 수 없고 가둘 수 없으니 봄이면 처분만 바랄 뿐이었다. 대책 없을 때의 대책은 상대의 호의를 기대하는 일이다. 작년 내내 소나기와 땡볕과 달빛까지 모아 넣은 통장의 전액을 인출해버린 것이다. 한 알 열매에 천지운행이 들어찼다는 표현을 피하고 싶어 벚나무를 통장이라 빗대었다. 무언가 들어찼다는 의미에서 벚꽃통장이나 열매나 비슷하다.

비유는 사실관계를 반박 못 하게 피해 가는 기술이다. 경전이 비유로 가득 찼다는 것은 신을 논리 측면으로 몰박는 무신론자를 대비한 장치 아니었을까. 시인은 이룰 것도 없으면서 허깨비만 들이대는 도박중독자에 가깝다. 제 시집이 출판되면 세상이 뒤집힐 것만 같은 설렘을 가졌으니 도박이고 그걸 평생 반복하니 중독이다. 그 도박중독을 낭만으로 과장한다면 낭인浪人에 가깝다.

잔고 0원이 찍힌 통장 페이지를 보여줘야 재단 지원금을 주겠다니 흥얼흥얼 통장 털어내러 가는 중이다. 털어내기 전문인 바람이 도와주면 수월할 텐데 머리만 헝클어놓는다. 근본 없는 것들이라 눈치도 없다. 외양이 반듯해야 어딜 가도 대접받는 법이라서 손가락으로 빗질을 해댔다. 재단에 이유를 묻고 싶은데 미운털 박힐 것 같아 그만두었다. 이런 궁금함은 손이 닿지 않는 등짝의 가려움 같은 것이다. 주겠다는 통보를 했으니 주겠지 장담하며 혹시나 통장 잔액을 다시 들여다봤다. 통장 잔액 정리는 ATM 기기에서 해도 되는데 창구 행원을 생각하며 손가락 빗질까지 했던 것이다. 바람은 적금광고 현수막을 열심히 흔들고 있다. 칠푼이임에 틀림없다.

3부

/

안부, 호기심

우리는 희망을 갈구하는 것 같지만
혐오로부터 도망치려는 힘으로 살아간다.
가난뱅이는 되기 싫으니까…….

love, like

사랑(love)은 호박엿, 애호(like)는 사탕이다. 엿은 입안에 엉겨서 뱉을 수도, 헤어질 수도 없는 상태이니 사랑과 상통한다. 사탕은 넣자마자 단맛이 번지지만 조금만 녹여도 혓바닥이 깔끄러워진다. 뒤엉기는 엿과 다르게 사탕은 맛없으면 손쉽게 뱉어버릴 수 있다.

무엇 때문에 끌린다는 것처럼 이유가 있으면 like, 도무지 이유도 모르겠는 끌림 상태가 love이다(매혹에 가깝다). love는 은폐, like는 드러냄이다. 은폐가 에로틱의 본질에 속한다고 본 롤랑 바르트의 시각도 이를 뒷받침한다. 포르노그래피로 표현해보자. 스위치만 누르면 피스톤 운동을 해대는 fucking machine으로 임신 걱정 없이 오르가슴에 다다르는 것이 like에 가깝다. 반면에 질내사정을 무릅쓰고 끌어안는 절정상태가 사랑 아닐까. 물론 임신을 무릅쓰는 게 사랑이라는 마초 논리가 아니라 '기꺼이'라는 뉘앙스로 풀이한 것일 뿐이다.

패션으로 구분하면 love는 오트쿠튀르, like는 프레타포르테라고 하겠다. love는 나뭇가지에 앉은 곤줄박이라서 날아가버리고 난 후에 가지가 흔들리는 여운을 가졌다. like는 전깃줄에 앉은 까치라서 시끄럽다가도 날아가면 일순 조용해지고 흔적도 없다. 진창인데도 함께 살자고 주저앉는 사람은 love(집착은 아니다), 제 감정만 챙기는 이기주의를 쿨함

이라 포장하는 사람은 like와 흡사하다. 각설하고 love는 뒤엉킴, like
는 미끌거림이다.

창밖으로 만발한 이팝나무 숭어리가 보인다
바람으로 씻고 늦은 안개에 불려 헛밥이나 짓는다
쥐면 쥘수록 빠져나가는 봄을 다잡아보려
찰밥이라 고집부리는 것이다
내 것인지 네 것인지도 모르게 뒤엉겨
어쩔 수 없으니 주저앉자고
생떼라도 써볼 사람을 기다리는 것이다
「약속도 없이」 부분(『부르면 제일 먼저 돌아보는』에서)

안부, 호기심

안부에서 배려를 제거하면 호기심으로 변질된다. 즉, 상대의 심리상태는 아랑곳없이 내 호기심만 채우려는 질문이다. 요즘 어떠냐는, 하던 일은 잘 되느냐는 질문에는 시기와 질투가 숨어 있을 수도 있고 자신이 해주었던 충고를 증명해보려는 이기심도 있다. 답을 듣고는 '그거 봐라, 내가 뭐라 그랬어' 하는 자기만족이다. 우리 일상의 언어들은 대부분 충조평판이다(정혜신, 『당신이 옳다』 106쪽). 어른(꼰대)들의 질문은 자신이 궁금해서 이끌어내려는 것을 감추고 있는 반면에 아이들은 궁금하니까 즉각적으로 질문한다.

안부는 제 불행을 과장하는 형식으로 상대에 대한 애정을 드러낸다. 잘 산다면 자랑하는 것 같고 상처 주는 것 같아 망설여지니까 자신이 힘겨웠던 일들을 나열하는 형식을 안부라고 칭하게 된다. 또 불행을 불행으로 지워주는 배려가 발동되기도 한다. 큰 수술 한 사람에게 누구는 몇 번이나 그 수술 받았다고, 죽을 고비 넘겼다는 소식으로 달래려는 기제이다. 이걸 듣고 안도한다면 수술받은 그는 타인의 불행과 자신을 비교하는 악마가 되는 꼴이다.

웃으며 다독이는데 서로가 악마와 흡사한 심리로 옮겨 앉은 결과다. 타인을 위로해주는 자신이 천사라고 착각한 악마가 되는 것이다. 악마는 우리들 곁을 배회하며 불행, 참혹, 경악을 전파하는 (우리 얼굴로 감춘) 존재다. 여기서의 얼굴을 가면이라 한다면 우리는 가면을 쓴 것도 모르고 또 그것이 어떤 모양인지도 모른다. 우리는 생각한 대로 말한다고 눈총받지만 사실은 들은 대로 말한다. 이 글은 생각보다 느낌에 기대 썼다. 돌아보니 주변 시선의 온도가 한 눈금 낮아서 서늘해진다. 존재란 무엇이기에 살아내기 위해 사랑 말고 또 어떤 새로운 발명을 해야 하는가.

돌아서 안녕이라 손 흔들어도
우는지 웃는지 몰라서 편안한 거리를
그대들과 유지하고 있다
「안부」 부분(『슬픔도 태도가 된다』에서)

기억, 추억

기억은 날카로운 것을 들고 습격하는 무엇이다.
「님의 침묵」에 표현된 그 "날카로운" 키스처럼
자신도 모르게 내재되었다가 분출되는 힘이다.

추억은 혼자 우는 상태다.
기억은 누군가에게 동의를 얻고 추억은 감춘다.
기억은 오래된 나를 만나는 일이어서 그 안의 상대와 대화하고 '사실관계'를 동의받는다.
기억 추억 둘 다 상호작동 되는 것이지만 특히 기억은 자신의 상처에 집중한다.
억울해서 못 잊는 것이다.
기억은 고체, 추억은 액체다.
기억은 의지에 가깝고 추억은 감정으로 작동된다.
추억은 편견이라는 누명을 쓰고 기억은 아집이라고 악용된다.
기억은 펼쳐진 그 상황으로 들어가서 변호하고 싶어진다.
게다가 상대를 공격하고픈 충동이 일어난다.
추억의 탁자에는 상처받은 상대까지도 초대된다.
추억은 젖어 있는 나를 바라만 보는 상태, '어쩔 수 없음'이다.

기억은 힘에 가깝고 추억은 온도와 동류다. 기억은 아버지, 추억은 어머니다. 휘감기는 감각으로 구분한다면 기억은 승용차, 추억은 돛단배다. 술자리의 말다툼이 기억이고 거기서 누군가의 야릇한 눈길을 느꼈다면 자신은 그걸 추억이라 부른다. 누구라도 자신의 유불리에 따라 기억과 추억을 구분할 것이다.

예술, 기술

곳곳에서 시창작 강의를 열고 있다. 사회적 현상으로까지 보인다. 갓 등 단한 젊은 시인에게 무엇을 배울까. 그이를 무시하는 게 아니고 수강생 태반이 중년일 것이기 때문이다. 시에 나이가 있냐고? 불치하문不恥下問 이란 말씀이 있다만 콩나물도 하룻밤 더 잔 것이 튼실하다. 강좌를 연 그들(문화사업가?)은 시를 예술보다 기술의 측면으로 접근하는 모양이다. 문화센터의 '십자수', '카스텔라', '지점토' 등으로 보인다. 김소월의 정조 情調를 최고라 여기는 사람이 전위적 산문시 시인을 만나는 경우도 있 겠다. 문단의 실력자들이 이끄는 전문과정은 대학(원)에 있다. 또 소규 모 공부모임을 이끄는 실력자들도 있다. 아울러 모든 강좌의 궁극은 수 강생들의 행복이다.

태생적으로 체득한 모국어를 사용하는 것이니 누구나 능히 쓸 수 있다 지만 그 심도와 표현방식은 천차만별이다. 입은 있는데 말솜씨 없는 사 람이 있는 것과 같다. 쓰기보다 읽는 습관을 강화시켜준 후에 스스로 뛰어들도록 해야 창작의 고통을 핑계대거나 떠벌리지 않는다(고통을 으 스대면 초보다). 창작교실은 넘쳐나는데 태반의 시집 판매량이 초판도 못 넘기는 상황은 어떻게 설명해야 할까. 쓰는 것(기술)보다 읽는 즐거움(예 술)을 설파하면 좋겠다. 뒤풀이(젯밥)의 매력만 즐기려는 분들에게 시집 읽기(108배)를 강권하면 절반은 불참할 것이다. 누구라도 108배보다 젯

밥이 더 매력적이다. 불특정 다수를 온새미로 비난하는 거 아니다. 무례했다면 미리 사죄드린다. 기술, 예술을 가르려다 욕 들을 것 같다.

50명에게 강의한다면, 핵심적인 한마디를 강조한다면 그중 누가 그걸 뼈저리게 실감할 것인지 의문이다. 어떤 공통사항이라도 범위는 있다. 구멍가게지만 몇 년 강의한 경험으로 그 최대치는 다섯 명이라 생각했다. 다섯 명 정도면 선생이 하는 말을 전원이 실감할 거 아닌가. 가르쳐서 향상되면 '기술', 애써 가르쳐도 나아지는 걸 모를 정도로 내부에서 변화한다면 '예술'이다. 자유로운 몸짓인 춤은 예술이고 일정한 순서와 반복이 반복되는 율동이 기술이다. 시는 춤, 산문은 행진이라는 말라르메의 비유와도 상통한다.

부언하건대 가르쳐서 나아지면 기술, 스스로 뛰어들어 해낼 수 있어야 이룬다면 예술이다. 진정 시 아니면 죽을 것 같은 분들께 한 말씀 올린다. 물이 바위를 뚫는 것은 물의 힘이 아니라 물이 바위를 두드린 횟수라는 것을 잊지 마시라.

아르테미시아 젠틀레스키, 〈자화상〉

공짜, 무료

산재 기간이 끝났단다. 산재보험產災保險은 근로복지공단에서 관리하는 공적 보험이다. 산업재해보상보험의 준말이다. 말하자면 그간의 치료비를 국가에서 부담했다는 뜻이다. 뇌경색 발발과 동반된 우울증 때문에 8년 가까이 상담받고 처방받았다. 약값도 무료(공짜)다. 의사는 임의로 약을 중단하는 건 절대로 안 된다며 강조하곤 했는데 치료비 지급을 중단한다니 역시 법은 힘없는 자 앞의 막무가내다. 3개월마다 상담하고 약 받았는데 이젠 없다. 치료비는 일 년에 100만 원 남짓이다. 돈 문제가 아니고 서운한 것이다.

출근 준비하다가 쓰러진 것을 회사 사장님이 노무사를 선임해서 산업재해로 이끌어냈다. 근로복지공단과 밀고 당기기를 몇 달 했다. 아내가 고생한 걸 생각하면 지금도 가슴이 아리다. 재해 정도 판정을 위해 신경과 의사들 앞에서 내가 얼마나 손상되었는지 '대화, 질문' 같은 시범(?)을 보이기도 했다. 얼마 안 되지만 산재보상비도 받았다. 신경과, 정신건강의학과 두 곳의 진료가 무료(공짜)가 된 것이다. 신경과는 무리 없이 산재연장을 해왔는데 정신건강의학과는 안 된단다. 법이 그렇다니 우울증을 알아서 떨쳐야 하는 것이다. 내가 느끼기엔 너무도 멀쩡하니 다행이다.

전쟁 겪은 대한민국의 전형적 수순이지만 돈 문제 나오니 어릴 때 얘기 꺼내야겠다. 다들 가난한 것 같으니까, 친구가 부자라는 것도 몰랐다. 이런 부의 편차는 대학에 들어가며 확연히 드러났다. 고교 때와 다르게 외식, 술, 옷, 취미 같은 것들을 접하면서 격차를 실감했다. 고생하신 부모 생각하며 마음이 가라앉을 때가 많았다. 진실, 사랑 같은 것들에 대한 환멸이 깊어지면서 내성적 성격이 강화되었다. 장난꾸러기에서 얌전이가 된 셈이다. 사실 얌전하진 않다. 딴엔 차분+얌전 성격인데 속은 부글부글이다.

그나저나 공짜와 무료가 헷갈린다. 받고 감사한 마음이 커지면 공짜, 받았더니 기분 좋고 으쓱거리게 되면 무료다. 시집 받고 고마운 마음이 커졌다면 공짜이고 잘나서 받은 양 으쓱거렸다면 무료다. 직결해보면 공짜는 사람, 무료는 지갑이다. 으쓱거린 분 하나도 없으리라 믿는다.

해설, 리뷰

모호했던 것들에 끄덕이게 되면 시집 해설, 내포된 정서를 주관적으로 끄집어낸 것에 놀라면 그것의 리뷰다. 끄덕인다는 것은 글쓴이의 의견에 동의한다는 뜻이겠다. 놀랐다면 문장 감각의 의외성에 놀라는 거다. 해설은 글쓴이에게 박식하다는, 사유가 깊다는 존경을 느끼고 리뷰는 이런 돌출성은 어디서 나올까 하는 호기심까지 가진다. 글쓴이의 연애사, 독서 범위까지 궁금해진다.

나무가 대상일 때 그 종류와 자생분포, 개화시기, 열매 같은 것들과 병행해서 쓴 것 같은 해설이라면 객관성을 유지하는 일이 중요하겠다. 이경우 다른 시집을 읽을 때 자신의 느낌과 비교해보는 재미도 있다. 자신의 지적 능력에 뿌듯해하는 순간도 있을 것이다. 이렇게 해설은 펼치는 뉘앙스를 가진다. 그 펼치는 범위가 지나치게 넓으면 현학적이란 눈총을 받는다. 좁으면 미숙하다고 단정해버린다. 독자는 변덕쟁이다. 현학衒學은 가지고 싶으면서도 타인이 드러내면 혐오하는 비싼 속옷이다. 현衒이 자랑한다는 뜻이다. 현옥고석衒玉賈石—옥을 자랑(현혹)하면서 돌을 파는 것처럼 현학적인 사람은 돌 장사꾼 아닐까.

리뷰는 주관이 강하게 드러나는 지점에서 매력을 느낀다. 나무가 대상일 때 리뷰는 그 아래에서 나눈 키스, 이별 같은 편린들을 혼입시킨다.

독자는 개연성(그럴 수도 있음)에 감정이입을 겪으며 텍스트를 다시 읽어보게 된다. 펼친다는 뉘앙스의 해설에 반해서 리뷰는 젖어드는 문장이다. 해설은 암묵적 가이드 라인이 있는 반면에 리뷰는 자유롭다. 리뷰를 악용해서 독자의 자유 운운하며 시집을 난타하는 사람은 야만인이다. 위의 돌 장사꾼 범주에 든다.

해설, 리뷰 둘 다 시집 사용설명서라는 오명을 경계해야 한다. 설명서는 개성도, 전위도 없는 '실용문'이기 때문이다. 리뷰는 '지껄임'이란 뒷소리를 듣는다.

프레더릭 레이턴, 〈Flaming June〉

매력, 매혹

상대의 마음을 흔든다는 의미에서 둘은 같다. '매魅' 돌림자를 쓰는 걸 보면 둘은 자매일 것이다. 모든 느낌은 주관에 수렴되듯이 둘은 욕망을 감추는 휘장언어이다. 속은 들끓고 있는데 그걸 감추려니 매력적이라 며 웃는 것이다. 끌려가고픈 상대에게 붙이는 찬사로 애용되니까 어휘에 욕망이 숨어 있다고 할 수 있다.

지향 대상이 분명하다는 측면에서 여성을 주인공으로 삼겠다. 보는 순간 키스하고픈, 침대가 떠오르는 야릇함이 매력魅力이다. 그러나 매혹魅惑은 시선이 마주치는 순간 무릎에 힘이 빠지는 상태. 용기 내어 말이라도 걸어보고픈 여자는 매력녀, 침 맞은 지네마냥 눈도 못 맞추고 몸을 꼬게 하는 여자가 매혹녀.

비유는 확신 못 하는 것을 그럴듯하게 바꿔주는 기술이다. 둘을 짐승에 비유하자면 매력은 강아지, 매혹은 고양이와 맞춤이다. 강아지는 꼬리치기 달려들기 같은 행동으로 상대의 마음을 움직인다. 고양이는 가만히 앉았는데 바라만 보게 한다. 상대를 움직이게 하는 힘이 매력, 시선이 고정되는 순간이 매혹이다.

서두에 돌림자로 언급했듯이 매魅는 도깨비, 홀림을 뜻한다. 매력의 력力은 힘인데 매혹의 혹惑은 '정신이 아득함, 꿈인가 의심함' 같은 의미를 가진다. 매혹보다 한 단계 깊이에 고혹이 있다. 여기서 고蠱는 '독, 악한 기운'의 뜻이니 고혹에 빠지면 신세 망친다. 벌레(虫) 셋의 독을 그릇(皿)에 받는 형국이니 극악하지 않은가.

이 한자들을 쓴 조선시대 주인공은 매력, 매혹으로 단계를 높이다가 고혹적인 여자를 만나 과거급제를 놓친 도령이지 싶다(매력을 팜므파탈로 설명하는 건 아니다). 매력은 강아지, 매혹은 고양이, 이렇게 결론짓는다. 영화 캐릭터로 말하자면 매력은 〈중경삼림〉의 왕페이, 매혹은 〈화양연화〉의 장만옥, 그리고 고혹은 〈색계〉의 탕웨이라 하겠다. 어떤 스타일이 좋냐고? 시계 '매'장에 데려가는 여자가 좋다.

감성, 감상

감성感性은 자극을 받고 느낌이 일어나는 일이고 그 크기에 따른 능력이다. 자극을 올바르게 받아들인다는 뜻으로 감수성感受性이란 동의어가 있다.

감상感傷은 자극에 대해 쉽게 흔들리고 심신을 해치는(傷) 일이다. 감상주의는 그런 정서에 빠져 있는 상태를 즐기기 위하여 인위적으로 조장하는 성향이다. 이는 과잉과 잉여를 반성하지 않고 즐기는 '사치'와 인접한 상태이다.

감성은 '공감능력'같이 능력이 수반되는 개념인 데 반해 감상은 상태, 우려를 나타내는 지표에 가깝다. 또 시와 같이 마치 자기가 불행한 척하면 시가 나오는 줄 아는 상태로 빠지면서 우스꽝스러워진다. 이런 사람들은 시적인 정서가 따로 있다고 착각하고서 시를 징징거림으로 망친다. 부언하건대 평소 음성과 노래할 때의 음색이 같아야 한다는 거다. 임〇웅 소리로 흥얼거리다가 마이크 잡자마자 임〇범 스타일로 급전직하 분위기 잡는 꼴이다.

이와 같은 논리로 상상과 망상을 구분할 수 있겠다. 상상은 질서(플롯, 서사)를 가지는 반면 망상은 종잡을 수 없는(즉흥) 상태다. 하여, 상상력이지 망상력이라고 하지는 않는다. 상상력 풍부하고 감성적인 사람이 글을, 시를 쓴다. 감상을 반복하고 말만 잘하는 사람은 경계해야 한다.

뿌리가 흙을 파고드는 속도로
내가 당신을 만진다면
흙이 그랬던 것처럼 당신도

놀라지 않겠지

느리지만
한번 움켜쥐면
죽어도 놓지 않는 사랑
「분갈이」 전문(『부르면 제일 먼저 돌아보는』에서)

포기, 자유

포기는 전후를 다 알았다는 증명이다. 알았으니 포기하는 것이어서 능동적 행위다. 어쩌면 행복보다는 포기가 현자에 가깝다. 그러니 다 알았는데도 실행하는 사람이 진정 현자다. 그것은 반대급부를 기대한다. 즉, 노림수가 있다. 진정한 포기는 희망이 없는 상태에서의 결단이다. 다 버린 것 같은데, 전부를 잃었다고 후회할 것 같은 노숙인은 행복한가. 우리는 왜 노숙인에게서 포기와 자유를 예단하나. 대상화하는 습성이다.

일차원적 자유는 해방을 암시하기에 '지향 없음'이다. 눌렀다가 놓았더니 사방으로 튀는 용수철 상태다. 자유도 포기와 마찬가지로 깨달음이 수반되어야 진정한 의미를 갖출 수 있다. 사르트르의 "자유라는 형벌"(『존재와 무』)에 처해지면서 불안해진다. 이 불안을 제어할 힘이 있어야 자유의 주인이 되는 것이다. 누가 맘대로 고르라는 말을 들으면 결정장애를 실감한다. 혹자는 그 호의의 근원이 불안해지는 단계까지 간다. 인간에게 자유를 주면 흔들린다.

까닭 없이 행복한 사람을 무지의 결과라고 비난할 수도 있겠다. 또 니체가 말한 "불행에 담겨 있는 영예"(『인간적인, 너무나 인간적인』)와 상통하는 점이다. 요즘 어떠냐는 질문에 '행복해요' 하면서 웃으면 뭔가 생각

없음이 스치는 순간과 같다. 행복은 지향점이 막연하다. 참담한 상황을 모면하고자 하는 상대개념으로 행복을 구체화한다. 에어컨도 없이 삼복을 견디는 사람에겐 서늘한 계곡이 행복의 지향점이 된다. 이래서 불행의 반대가 행복이라 답하는 것이다. 행복한 상태가 만족인지 도피인지 구분하지 못하는 것이다. 불행과 행복은 생각 차이다.

포기와 자유는 혈액형이 같다. 또 둘은 행복이라는 요람의 이란성 쌍둥이다. 태어났으니 어떻게든 행복해야 한다니까 우리 양자선택의 궁극은 그것이다. 그런데도 우리는 왜 그것에 집착하는가. 행복은 학습된 환영幻影 아닌가. 매미가 맴맴 한다고 생각하지 말자. 다시 들어보라. 유년기에 그리 배웠을 뿐이다. 인생의 목표가 행복이라면 행복으로부터 멀어진다.

열정, 집착

"이제 제게 남은 건 시밖에 없습니다"라고 해놓고 아둔한 인간이라 자책했다. 값진, 재미난, 애틋한 것들을 다 잃고 겨우 시를 붙들고 앉았나 싶었다. 쓰러졌으니 몸, 직장, 웃음도 잃었다. 끊임없이 비교당하고 줄세우는 시에 들어온 것을 오래도록 후회했다. 무엇이건 시작하면 끝을 보는 성격이라서 나를 해칠 것 같아 겁도 났다. 정답도 없는 시에서 끝장을 보겠다니 천치 짓이다.

집착은 대상 외에는 아무것도 안 보이는, 주변에 상처 주는 상태다. 또 결과를 두려워하고 성공했더라도 그것을 감춘다. 호기심에서 설렘으로, 그 환희를 반복하다가 두려움을 느끼는 상태에서 자신을 경멸하게 된다. 악순환이다. 경멸에서 비롯되는 자기혐오를 감추고 합리화하기 위해 집착하는 것이다. 자기 안의 악마와 타협하는 상태다.

열정은 긍정의 영역에 있다. 그 결과가 타인을 위한 것, 보는 사람도 흐뭇해지는 것들이라고 착각하기 쉽기에 만인이 수긍하는 것이다. 도금鍍金일 뿐이다. 물론 자기에게 유리한 것만을 열정이라 추켜세우는 사기꾼들도 있다. 또 그것을 수긍하지 않는 사람들에 의해 위선, 허영으로 호도된다.

집착은 주변에게 권하지 않는 반면에 열정은 적극적으로 권하고 그것을 다수에게 공개한다. 누구나 열정과 집착 사이에서 번민할 것이다. 불안장애에 의한 무력감으로 열정을 비웃곤 했다. 애쓰고 싶지 않은 것이다. 생을 끝장낼 것 같은 이 집착이 두렵다. 그 어느 쪽에도 속하고 싶지 않다. 집착도 열정도 다만 사랑할 뿐이라는 대답을 하고 싶은데 유행가 같아서 그만두었다. 보이지 않는 누군가에 의해 그리로 떠밀리는 것만 같다.

거절, 절제

해설 때문에 고민하던 차에 지인이 모 평론가를 추천해주었다. 지면으로 자주 보던 분이고 문학상 등의 심사도 많이 하는 것 같아 내심 뿌듯했다. 힘센(?) 평론가가 시집 해설을 쓰니 뭐라도 보탬 될 거라는 치졸한 생각을 했던 것이다. 지인에게 그이와 커피라도 나누고 시작하면 좋겠다고 했더니 웃기만 한다. 그런 자리 하지 않는다고 거듭 강조한다. 결벽증이라도 있나 의심했다.

통화 끝내고 무참해졌다. 해설 당사자를 미리 만나서 뭘 어쩌겠는가. 자칫 선입견을 가지게 되고 개인사에 너무 많은 정보를 가지게 될 것이다. 해설은 약전略傳이 아니다. 선입견, 개인사 등등은 해설자가 피해야 할 벙커 아닐까. 커피를 거르며 거절과 절제를 생각해보았다. 커피라도 나누자고 한 내 입장에서 그이의 행동은 거절이고 해설을 해야 할 본인으로서는 절제일 것이다. 아무리 호의라지만 촌스러움을 며칠을 곱씹으며 심란해했다. 다정도 병이라지만 때를 못 가리면 주접이 된다. 이런 기억이 있었기에 이번 시집의 해설자에게는 다 끝내고 난 후에 전화했다. 뒤틈바리라서 또 그만 커피 한잔할 기회가 있으면 좋겠다고 해버렸다. 역시나 나중에 기회 되면 하자며 정중히 거절한다. 이건 사후절제일까.

친분에 따라 해설이 달라진다면 민망하지만 문학상 심사를 하는 사람으로서는 주변과의 친교를 수시로 반추해봐야 할 것이다. 남을 해설(평가로 오인된다)하는 사람으로서 여러 가지를 조심해야 할 것 같다. 그렇다고 석굴 파고 들어가라는 건 아니다. 해설자는 사유의 면적이 넓어야 하고 또 그만큼 인간존재를 주유해야 한다고 생각한다. '거절했다며 서운해하는' 건 바보이고 거절을 절제로 인정하고 존중하는 게 지성인이겠다. 또 거절과 절제를 상대에게 잘 이해시키는 사람이 현자다.

정서, 서정

유동하다가 견고해지고 소멸하는 마음은 단 한 순간도 쉬지 않는다. 슬프고 즐겁고 다정한 것들이 만수위라서 퍼내야 한다. '어디로 어떻게', '어디까지 어떤 순서로' 퍼낼까 하는 고민이 자신을 숙성시킨다. 즉, 순서와 방향이 인간을 키운다. 방향도 안 잡고 속력부터 내면 사고 난다.

'어디로'는 이미지의 지향, '어디까지'는 감정조절 수위를 뜻한다. 여기까지 서두가 길었다. 정서는 어떤 자극에 의해 일어나는 반응이다. 반응은 정情, 그것들의 시초점을 서抒라고 한다. 질서 할 때의 '서'다. 이렇게 말하면 감성과 혼동하는 사람도 있겠지만 정서는 정情이 일어나는 상태일 뿐이다.

서정抒情은 무슨 뜻일까. 힌트는 서抒에 있다. 여기에 '풀어냄, 토로함'의 뜻이 있으니 쓰는 행위를 암시한다. 정서情緒를 정돈해서 쓰는 행위다. 대상을 접하고 일어난 것들을 정돈한 문장이니—서정시—라 한다. 즉, '정서가 먼저 일어나고 뒤를 따르며 정돈하는 게 서정'이다. 이 정서에 빠져 감정조절 못 하고 허우적거리면 감정배설이란 험담을 듣는다. 자판 누르며 바라보는 모니터가 변기가 되는 꼴이다.

이토록 위험한 감정조절에 능한 자가 고수다. 격랑이 지나가고 '고요한

가운데에서 다시 회상할 때 마음속에 일어나는 정서'가 시로 형상화된 다고 워즈워스가 말했다만 이건 모르고 '시는 거센 감정이 저절로 넘쳐 나온 것'이라는 정의를 따라 했다가 망친 문청들 많을 것이다. 여튼, 감정조절이 핵심이다. 자신의 정情을 멀리해서 카프카가 말한 '문장에서 의 3인칭'이 돼야 시를 쓸 수 있는 것이다. 엘리엇이 '시는 정서의 표현 이 아니라 정서로부터의 도피'라 했으니 그가 진정 고수다. 참고로 겸재 정선은 금강산을 다녀온 후에 경상도에서 금강전도를 그렸다.

정서情緒
① 사람의 마음에 일어나는 온갖 감정. 또는 그러한 감정을 불러일으키 는 기분이나 분위기.
② [심] 본능을 기초로 하여 일어나는 희로애락喜怒哀樂 등의 감정. 또 는 그때 정신상태.
情 뜻 정: 뜻, 정, 본성本性
緒 실마리 서: 실마리, 비롯함, 시초, 계통

서정抒情 · 敍情
자기의 감정이나 정서를 시·글 따위에 나타내는 일.
抒 풀 서: 푸다, 퍼내다, 떠내다, 펴다, 토로하다, 쏟아놓다, 누그러지다, 풀리다
情 뜻 정: 뜻, 정, 본성本性

차별, 편애

냉소적이라는 평판을 받던 사람이 어느 명망가에게 과한 친근감을 드러내는 것을 보았다. 경우에 따라 아부로도 보일 언행이었다. 친근감은 사랑한다는 뜻도 되고 반면에 사랑받고 싶다는 소망을 들키는 일이다. 누군가에겐 모멸감을 줄 행동을 저지르면서 또 다른 누군가에겐 봄볕 같은 따사로움을 적극적으로 나타낸다면 이걸 편애라고 부르련다. 편애는 감춰둔 미움이 많다는 뜻 아닐까.

차별은 편애를 드러내는 자세다. 대상에 대한 배려 없이 우열로 가르는 행위이다. 또 상대가 그것을 알아채기 때문에 항의하고 바로잡을 수 있는 여지가 있는 반면에 편애는 미움을 감춘 상태라서 자신의 서운한 마음도 못 건네고 상처만 입는다. 당사자는 그것을 짐작하며 뒤척거리기만 한다. 차별은 기계적이고 편애는 감정적이다. 차별에는 무심, 무공감, 냉혈 같은 것들이 동반되지만 편애는 열렬함, 멸시 따위의 감정동요가 숨어 있다. 편애는 변덕과 이복자매일 것이다. 여기서 경계해야 할 것은 감정의 관성인데 성찰도 없이 평소 하던 대로만 하면 고집만 남은 꼰대가 된다.

관계에서의 차별과 편애를 구분하고 싶지만 양자에 공히 미움이 스미어 있다는 생각만 남았다. 배려가 없다는 것도 미움의 일종 아닐까. 봉

인할 수도 없는 이 미움을 어떻게 다루고 또 표현해야 하는가 하는 문제가 앞에 놓였다. 그러나 인간은 선천적으로 게을러서 먹을 것 외에는 구분하려고 애를 쓰지 않는 생물이다. 고르고 결정하고 이런 것들이 귀찮아서 행한 것들의 누적을 습관이라 부른다. 어떤 사람이 진정 사랑스러운지 혐오스러운지 분별하기 귀찮고 인간존재가 버거워서 습관적으로 어느 유형을 애정하는 것이다. (타인에 대한) 미움을 숨기고 나만 좋다는 심리는 '편애', 배려도 없이 제 판단을 휘두르는 행위는 '차별'이라 구별하고 싶다.

자신 없고 공감하지 못하면서
의지하며 반색하고 의심하며 두려워하는
양극단만 출렁거리는 사람은 싫다

편애는 감춰둔 미움이 많다는 뜻
「취소」 부분(『슬픔도 태도가 된다』에서)

불안, 두려움

혐오에는 희미한 두려움이 스미어 있다. 진저리치는 것이다. 당사자에겐 호들갑스러움이고 타자는 우스꽝스러운 꼴로 인식한다. 두려움은 '높이'같이 객관화된 것들이 많아서 공감의 폭이 넓다. 척추동물은 본능적으로 (추락하면 죽을) 높이에서 움츠린다는 연구도 있다.

천둥처럼 들이닥치는 상태는 두려움, 늪에 빠지고 있는 상태가 불안이다. 또 두려움은 공포와 듀엣이면서 유발주체가 분명하다. 무엇 때문에 두려운 것이다. 어떤 조각상이 꺼려지면 그것을 덮어두는 행위로 모면할 수 있지만 그것을 꼼꼼히 덮었는데도 스멀거리는 무언가가 바로 두려움이다.

불안은 자신의 행위에서 유발되기도 한다. 무엇을 하며 결과를 불안해하고, 결과에 집착하니까 불안한 것이고 그 결과를 감당할 자신이 없는 상태가 불안이다. 이것들을 잘 활용하면 생의 통증을 줄일 수 있다. 우리는 희망을 좇으며 따라가는 것 같지만 실상 혐오로부터 도망치려는 힘으로 살아간다.

불안은 심리적 차원의 근심스러움, 두려움은 기질적 겁으로 구분할 수 있다. 엇비슷해도 불안은 포획됨을 예감할 수 있는 감정, 두려움은 자신도 몰랐던 지뢰 같은 감정이다. 이것들을 상업적으로 블랜딩한 게 롤러코스터이다. 또 불안을 과장해서 신경안정제를 판매하는 건 아닐까.

일차원적으로 양자에 맞서는 건 지식이다. 아니까 불안한 경우도 있으나 무엇이건 알면 시시해진다. 준비하고 반복하면 두려움을 이겨낼 수 있고 용기라는 보너스도 얻는다. 불안에서 비롯된 외로움은 함께할 사람이 없어서 엄습하는 것이 아니라 그 목적이 없기에 폭발한다.

불안에 대한 저작권은 없지만
해적판처럼 남용되는 것들이라서 몰수하고 싶다
불면 불운 불쾌 등 돌림자 형제들의 판촉행사가
끊이지 않는다
「현금인출기」 부분(『슬픔도 태도가 된다』에서)

에곤 실레, 〈Setting Sun〉

강박, 의무

완수하지 못했을 때 가슴 아프고 후회를 반복한다면 의무에 가깝다. 강박은 그것을 놓쳤을 때 불안이 엄습하는, 이른바 히스테리 상태에 빠지는 증상을 동반한다. 의무는 자신을 억압하고 때론 그것을 타인에게 드러내는 방식으로 자신의 존귀함을 자랑까지 한다. 의무에 비해 이타성이 약한 강박은 일종의 자기착취다. 아침 루틴 같은 것 중 어느 하나라도 어긋나거나 망쳐버리면 그 하루를 망쳐버리는 사람들이 있을 테다. 이들이야말로 자기를 착취하는 장본인이라 할 수 있다.

물론 그 루틴이 체력단련, 독서같이 긍정적 행위였더라도 본인은 희미한 내상을 겪는다는 점에서 착취. 불필요한 것 같은 기준선을 긋고 넘어가지 않으려는 태도를 바른생활이라 하겠지만 기준선이 없는 사람을 자유인이라 하기도 망설여진다. 경계 없는 사람의 가슴속에는 누구보다 더 엄격한 경계들이 많을 것이다. 그것을 잃었을 때 자책하고 다시 의지를 다지는 상태라면 의무이겠고, 타인에게 짜증 내고 핑계 대는 것이 강박이다.

의무는 주관적 선악의 경계를 명확히 할 수 있는데 강박은 나르시시즘에서도 유발하기에 그것들이 흐릿하다. 페이스북처럼 자신을 나체로 외부화시키는, 목욕탕에서의 나르시시즘과도 연결된다. 샤워 마치고 거울

보면 누구라도 자신에게서 조지 클루니를 느낄 것이다. 주체에 몰두하느라 객관화하지 못하면서 점성이 강한 강박에 빠지는 것이다. 즉, 기준선을 벗어난 자신을 규정짓지 못하는 상태가 강박이라 할 수 있다. 아프고 후회하면 의무, 자타自他에게 짜증 내면 강박이다.

수족관 앞에서 회를 먹는데
우럭과 눈 마주친다고 자리를 바꿔 앉는 선배가
두 발 달린 우럭으로 보였다
박애博愛는 소심함이 넓어진 것이다
「곁부축」 부분(『미소에서 꽃까지』에서)

집착, 미련

평생 낚시를 다녔다. 만삭의 아내가 저수지로 찾아온 날도 있었다. 그 아이를 월요일에 낳았는데 토요일에 밤낚시 갔으니 여태 밥 얻어먹는 은혜를 받고 있다. 당장에라도 팔뚝만 한 물고기가 걸려들 것만 같아 한 마리만 더, 더 하면서 시간을 끌다가 결국 밤을 새우는 심리를 이름 짓지 못하겠다. 미련일까 열정일까. 미련의 대상은 물고기일까, 열정은 잡는 행위 자체를 의미하는 것일까.

붕어, 배스를 거쳐서 주 무대가 계곡이라 할 수 있는 플라이낚시를 했는데 직장 때문에 가지 못했다. 가을이면 연례행사처럼 저수지 송어낚시를 했다. 깃털로 미끼를 만드는 타잉tying, 줄을 흔들어 멀리 보내는 캐스팅casting 등등 핵심 요소는 독학했다. 양식송어를 풀어놓은 유료 낚시터에서 아련한 시절을 건져보았다. 천천히 녹슬어가는 산과 노을처럼 짙어지는 물 냄새를 만끽했다.

여태 무엇을 따라다녔나 생각해봐도 떠오르는 게 없다. 다만 기다리는 마음이 달라졌을 뿐이다. 여전히 울근불근하는 인간이기에 확신에서 나온 여유는 아니고 포기를 알아버린 자의 고요함도 아닌 것 같다. 확신도 포기도 아닌 무언가가 자리 잡는 느낌이다. 미련과 열정을 정의해보려다가 여기까지 왔다. 미련은 포기를 바탕으로 스미어 나오는 감정이다. 포기했다가 번복하는 과정이 미련 아니겠나. 열정은 포기를 무릅쓰고서 반복하는 자세일 테다. 집착은 그 반복조차 인식하지 못하는 상태이다. 어떤 진실이라도 지루해지면 진지하다는 핀잔을 듣는다. 비유라는 시나몬을 가미해야 사색적이란 덕담을 듣는다. 낚시의 끝은 극한적 피곤함이다. 잡념 같은 물비린내 스민 옷을 건조대에 펼쳐놓았다. 쫓아낼 수는 없어서 징그럽게도 정이 들었다.

핑계, 원인

죽고 싶지만 억울해서 못 죽는다. 잠이 안 올 때면 저 위의 누군가가 조롱 삼아 주사위를 던졌다는 생각을 곱씹었다. 2013년에 해고당하며 모든 것이 흐트러지고 망가져버렸다. 2016년에 쓰러져서 골프, 스노보드, 기타같이 애정하던 모든 것들을 잃고 다시는 돌아가지 못했다. 직장을 구했지만 여의치 않았다. 원인은 뇌경색이다. 혹시 흡연은 아닐까. 만인공통 스트레스도 있겠다.

절망적이지만 그나마 핑계가, 원인이 확실하니까 행복한 인간이다. 이런 논리가 맞는 건지는 모르겠는데 왠지 맞는 느낌이다. 그것들은 보이지도 않고 주체도 없어서 원망하는 대상으론 단골이다. '운명의 장난'이니 하는 통속도 신의 "조롱하는 취미"(니체)에서 비롯된 말일 테다. 신은 하는 일 없는 것 같고 게다가 대꾸도 없으니 맘껏 핑계 대고 짜증까지 내는 것이다.

핑계와 원인의 차이는 무엇일까. 핑계는 설명 가능한 것, 그 유발자가 명확하다. 원인은 내부로부터 비롯되는 경우가 많아서 암시적이다. 원인은 깊고 핑계는 작위적이다. 구름은 원인이고 소나기는 핑계다. 사색적인 사람은 구름을 살피고 현실적인 사람은 우산을 싸게 산다. 어머니의 사랑은 근본원인인데 '사랑하기에 쏟아내는 잔소리'를 실패의 핑계라고 핑계 대는 것이다. '엄마 때문에 잘못됐잖아'가 된다. 큰 것은 모르고 작은 것은 못 본다.

핑계는 무엇일까, 좌절의 원인은 무엇일까 곱씹어보았지만 지금껏 답을 못 냈다. 어쩌면 생의 번민은 그 핑계와 원인의 차이를 자신에게 수긍시키는 일일 테다. 그 두 개의 돌을 밀어 올리는 시시포스라고 허풍떨겠다. 형벌이 끝난 시시포스는 뭘 할까? 그 산의 등반 가이드가 될 것이다. 고난을 과시하지 말고 활용해보자는 뜻이다. 별것 없이 심각한 척하는 포즈도, 대책 없는 긍정도 촌스럽기는 매한가지다. 지금 심각한 거 아니고 궁금할 뿐이다.

후회, 반성

우리는 왜 산봉우리 같은 새들의 높이에 이르러서야 절경 운운하는가. 그 지점에 감정지뢰가 묻혀 있어 폭발하는 건 아닐까. 이렇게 인지자극 이 변할 때 행하는 것이기에 사후적 감정이다. 자신을 겨누며 엄습하는 것들, 엉뚱하지만 후회와 반성도 이 범주에 든다.

후회는 거듭되며 진해지다가 독해지고 비관자살을 통해 스스로를 죽이 기도 한다. 그 진해짐이 상향 이차함수처럼 급격히 심해진다. 감정이 감 정을 업고 들어와 늑골을 누르는 상태다. 눈물처럼 슬픔보다 한 걸음 늦게 작동한다. 사고사 같은 충격적 참사가 심장을 강타했을 때 경악이 먼저고 눈물은 한 걸음 뒤에 터진다. 그런데 후회는 '질척거림'이라는 부작용이 있다. 또 문학적 레토릭으로 도금된 정황이 많아서 생의 고뇌 로 오인된다.

반성은 반복되며 희석된다. 후회의 이차함수와 다르게 일차함수로 서 서히 말랑해지는 것이다. 괴로움을 회피하려 자기와 타협하고 적절한 합리화 방식까지 도출하게 된다. 반성했다는 사람에게서 느껴지는 비 위 상함도 그가 내부에서 일어난 합리화의 작당을 느껴서 그런 것이다. 결이 다르지만 영화 〈밀양〉에서 자기 아들을 죽인 범죄자가 하나님이 용서해줬다며 편해진 모습을 보고 경악하는 전도연이 떠오른다.

둘 중에 무엇을 선택할 것인가. 반성은 상대에게 알려주려는, 상처를 어루만져주려는 마음이 내재됐으니 반성문이란 것이 있다. 그런데 후회는 자신 내부를 향하는 칼이어서 후회문은 없다. 저지른 장본인이 수척해지고 말수가 주는 것 등을 통해 일부나마 느낄 수 있을 것이다. 둘 다 사후적이니까 그 피해자를 적극 위로하고 공감하는 쪽이 발전적이지 싶다. 밀물은 모든 배를 띄운다.

한나 아렌트가 "개인적 경험 없이 가능한 사유의 과정이 존재한다고 믿지 않는다. 모든 사유는 뒤늦은 것이다."(『한나 아렌트의 말』 66쪽)라고 했는데 이런 반성, 후회의 과정을 통해 인간이 성숙하는 거라 믿는다. 반성을 '전시효과'로 악용하는 경우와 후회를 '동정스위치'로 내미는 사람들은 성숙에서 예외다. 이런 부정적 현상은 슬픔도 이목 끌기의 수단으로 전시하는 SNS 시대의 자기자랑과 연결할 수 있겠다. '젖은 속옷'을 내걸어 타인의 시선으로 말려보려는 심리, 즉 외부화된 인간형이니 예외다.

표현, 설명

'달이 밝다'고 하면 표현, '달은 밝다'고 하면 설명이다. 달은 밝거나 희미한데 그것이 오늘 유난히 밝다니 어떤 심리가 지배적인 상태이고 그 심리가 주관적으로 표면화된 것을 표현이라 한다. 반면에 태양 빛을 반사해서 원래 밝은 달을 '달은 밝다'고 하는 것처럼 객관적 사실을 드러낸 것의 나열을 설명이라 한다. 심리를 설명하느라 애쓰는 상태를 서정시라 폄하할 수 있겠다. 사실을 널리 펼치려는 문장을 산문이라 하는데 산문시라는 간판을 달기도 한다.

그렇다면 심리가 우점종인 문장은 표현, 현란함 아래 의도가 숨어 있다면 설명이다. 당신과 나란히 보니까 내 눈에 '달이 밝'은 것이고 당신이 곁에 있거나 말거나 '달은 밝'은 것이다. 다시 말해서 사랑은 감정, 관계는 사실이다. 결국 주관적 표현은 감정, 객관적 설명은 사실이다.

'설명하지 말고 표현해야 한다. 이건 표현이 아니라 설명이다.' 시창작 교실에서 나올 법한 말이지만 SNS 등등 글쓰기가 일상화되어 자랑 경쟁까지 치닫는 세상이니 한번은 곱씹어볼 점이다. 또 삶을 탐구하는 자세 측면에서도 자신을 표현하느라 징징거렸는지, 왕배덕배 근황을 설명하느라 바쁜지 냉정히 가늠해봐야 한다. 이걸 모르면 지금 당신 앞의 그가 지루해한다는 것도 모를 것이기 때문이다.

표현은 회화다. 작가가 그리고 싶은 대로 그린 것이기 때문이다. 의뢰자의 의견을 토대로 그려진 것이기 때문에 일러스트는 설명에 가깝다. 일러스트를 설명해보면 "의미를 전달하거나 내용 암시에 사용하기 위해서, 목적이나 용도에 의해 표현 형식이나 기법을 정하여 그리는 그림"이라 하겠다. 읽어보니 설명을 설명한 것 같지 않은가. 회화와 일러스트를 일거에 구분하는 말이 있다. 나는 보이는 대로 그리지 않고 내가 생각한 대로 그린다(피카소). '보이는 대로'는 보이는 것에 대한 설명이고 '생각한 대로'는 내 감정의 표현이다. 문장이건 대화건 간에 떠버리가 되지 않으려면 설명과 표현을 구분해야 한다. 시 쓰려거든 먼저 이것부터 구분해야 한다.

풍경의 독이 치명적이어서
은수저를 내놓으면 검게 변할 것 같다
그 독에 대한 내성을 나이라 한다
묻어버렸던 것들이 아쉬워
늙으면 회상이라는 연장을 가진 도굴꾼이 되는 것이다

「치명治命」 부분(『미소에서 꽃까지』에서)

죄책감, 수치심

반성이 잦다고 해서 죄가 많은 건 아니다. 트라우마 뒤에 찾아오는 감정은 두려움이라 할 수 있겠지만 수치심이 더 강력한 사람도 있다. 자아를 깊이 인식하기에 환멸에 휩싸이는 것 아닐까. 죄책감에 시달리는 사람도 있다. 타인의 눈앞에서 솟구치는 사회적 감정이기에 수치심은 주변인들에게 공감을 요구하는 기제가 있는 반면에 죄책감은 고립을 거듭한다. 무인도에 산다면 또 다른 태도일 것이다. 수치심을 감추려 동조자들 사이로 숨어드는 것이고 죄책감을 나눌 사람은 없기에 고립되는 것이다. 물론 대중심리를 단적으로 표현하면 '공동책임 무책임'이다.

참혹하게도 고립을 거듭하다가 극단적 선택을 하는 경우까지 있다. 더 잔인하게 분해하자면 수치심에 의한 극단적 선택의 경우는 유서가 없을 것 같다. 죄책감의 장본인은 해명을 위한 내용들을 남길 것이다. 수치심은 사후에라도 타인에게 노출되기를 거부한다. 죄책감은 그것을 나눠 진 사람들의 무게감을 덜어주려는 배려의 성격을 가진다. 도덕관념 혹은 공감능력인지 구분하기 어렵지만 방향성을 기준으로 수치심은 타인지향, 죄책감은 자아지향이라 할 수 있다. 모든 원인은 내 안의 타자다.

어처구니없는 잘못을 했을 때 가장 먼저 엄습하는 감정은 '이걸 누가 알고 있을까' 하는 우려기에 수치심은 타인의 이목을 깊이 의식한다. 우리는 알게 모르게 사회적 학습에 의한 감정이자 오랜 세월 퇴적된 것들에게 쫓기고 있다. 여기서 이목이란 공동체의 가치관과 연결될 것이기에 수치심은 공동체를 관리통제하기 위한 도구로 활용될 수 있다. 죄와 짝패인 법은 죄책감을 형량이란 숫자로 환원한 문장일 테다. 두 가지를 치유, 혹은 대가를 치르는 도구는 시간뿐이다. 트라우마는 외상 후 스트레스 장애, 즉 돌아볼 때 폭발하는 감정이기에 안타깝게도 시간뿐이다. 시간이라는 비만 기다리는 천수답이 우리들이다.

4부

/

그 시집

"자신을 어쩔 수 없어서 욕망하고 후회하는,

자신에게 패하고 낙담하는,

인간은 고소공포증을 간직한 새 아닐까."

『가능주의자』

(나희덕 | 문학동네 | 2021년 12월)

시인은 실금이라는 연민이 가득한데 깨지지 않고 퇴색도 없는 도자기 같은 존재이다. 아울러 굳어진 맥락과 의미에서 벗어나게 해주는 해방군이면서 이미지를 공감(사유)의 농도대로 독자가 고르게(구매) 해주는 경매사이다. 또 시인은 간직할 방법이 없는 감정들을 갈무리해주는 손이면서 보이지 않는 것들의 윤곽을 보여주는 프로젝터projector이기도 하다.

지옥은 장소가 아니라 상태다(보르헤스). 그렇다면 시인의 장소는 시집詩集이겠고 그 상태는 시작詩作 아닐까 하는 생각을 하곤 한다. 현재 소장한 나희덕 시집만도 여덟 권이니 그간의 고난이 어림짐작도 되지 않는다. 퇴고가 끝나면 다시 퇴고지옥에 갇히는 무한반복을 견디는 일이겠지. 시는 성공한 실패다.

얼뜨기 골동품상처럼 제 것을 과장하는 탓에 시와 시인이 독립투사인 양 대단한 것으로 오인하는 경우가 많을 것이다. 심오한 존재로 과대포장되는, 이런 선입견이 독자 앞의 높은 계단이 된다고 생각했다. 쓰느라 고통받으리라 하다가 그녀의 다음 시집을 고대하는 독자의 심사가 되곤 했다. 장미는 물로부터 피어나지만 한 권의 시집은 또 얼마만큼의

피를 요구하는지 창에 걸린 노을을 바라보는 것이다. 나희덕 시집을 다 읽고 간직한 독자로서 『가능주의자』를 소개한다.

문장이 명지바람처럼 능놀다가 돌연 슬픔이 재우치는 시집이다. 커피 내리고 와서 읽어보면 11월을 느끼게 하는 시집이다. 독자 입장에서 본다면 시편들 하나하나가 대표작이고 첫 시 「붉은 거미줄」은 오래도록 남을 것 같다. 터를 옮길 때 거미줄을 거두어 가는 거미는 없으니 여덟 권의 시집이 여덟 개의 거미줄로 남아 바동거림과 피의 만다라를 느끼게 한다. 시인만큼 사냥술에 능한 거미도 없다. 나희덕의 거미줄엔 웅그리고 슬프고 다정한 것들이 파닥거릴 것이라.

가능성은 희망과 실현으로 크게 나눌 수 있겠다. 희망은 '기다림', '무대책'이 번지지만 실현에서는 '적극성', '마중'이 떠오른다. 시집을 다 읽고 느껴지는 그 가능성의 무언가를 마중 나가야겠다. 무기력과 무참함을 앓는 사람들과 "가능주의자"가 되어 새봄을 기다려야겠다. 병든 거리의 당신들도 본인이 '가능주의자'라는 것을 품고 있다 믿으련다.

『해바라기밭의 리토르넬로』

(최문자 | 민음사 | 2022년 3월)

리토르넬로는 후렴구의 뜻일 텐데 반복을 떠올린다. 시인께서 자기갱신을, 문장혁파를 거듭하셨음을 제목으로 넌지시 걸어두신 것일 테다. 숙성은 시간이라는 의미를 내포하지만 연공서열로 오용되기 쉽다. 시편을 읽으며 단조鍛造를 생각했다. 시상을 달구어 원하는 형태가 될 때까지 두드리고 또 두드리는 작업, 단조를 몇 번이고 곱씹었다. 시편마다 가열찬 두드림이 울려와 심상心想을 흔든다. 팔순시인께서 시의 근력이 엄청난 것이다. 두드리다가(쓰다가) 당신의 심연을 응시하는 자세가 후배로서 부럽다. 나이(詩歷)는 먹을수록 위로 올라가는 계급이 아니라 하나하나 아래로, 아래를 조금 더 볼 줄 아는 자세다.

봄에 시인은 위험해진다 감정이 생기고 제목도 모르면서 새로운 거짓말이 되고 싶다 겨울 끝에서 내 처음의 꽃이 떼로 몰려온다는 것 꽃이 돌멩이처럼 잊었던 기억을 찍어내고 무더기무더기 떼로 몰려온다는 것 꽃은 구름이 가득한 동쪽으로 가는 길이랬어 잘 아는 꽃이었어 알다가도 실금 같은 것 눈동자 같은 것 붉은 벽돌 같은 것 미지근한 어떤 기억과 방향이 생기는 게 그 꽃 같았어 깊은 밤 파랄수록 무수히 돋아나던 별들이 맹렬하게 반짝인다 아무리 그 개처럼 크게 울어도 반짝여지는 이 무한한 뭇별의 고요함은 밤인지 봄인지 꽃인지 무채색 구름인지

죽음인지 대답이 뒤섞인다 봄에 시인은 위험해진다

「nothing—봄에는」 부분

어휘 몇 개로 젊음을 도금鍍金한 시중의 시편들보다 그 자체가 세월에 녹슬지 않는 스테인리스강이라서 편편이 자연스럽다. 과장이 아니라 청춘의 걸음걸이와 버금간다. 문장보다 시선의 탄력이 부럽다 못해 존경스럽다. 나는 겨우 환갑을 지났는데 문장이 늙을까 봐 스스로를 경계하는 깜냥이다. 시인을 부러워하다가 질투하게 되었다. 시에 대해 과문하지만 이렇게 정밀하게 쓰고 싶다는 소망을 가지게 되었다. 가공加工도 도금鍍金도 화장化粧도 아닌 최문자 시인 본질의 시편들이 우리들 앞에 도착했다. 그 책상 곁에 앉아 연필 깎아드리고 싶다.

누구에게나 리토르넬로(일상반복)는 있으니 최문자 시인의 『해바라기밭의 리토르넬로』를 펼쳐볼 일이다. 싫증 나는데 친근해지고 미워하다가 닮아버린 사람은 지금 어디 있는지. 진달래는 저를 펼치느라 분주한 이 시절에 목련은 하 많은 사연을 참았는지 아무도 모르게 벙그는 삼월 스무 날 즈음에 『해바라기밭의 리토르넬로』를—.

『그라시재라』

(조정 | 이소노미아 | 2022년 6월)

"할무니 에렸을 때도 달이 저라고 컸어요"(「달 같은 할머니」)를 첫 행으로
시작해서 "오매 내가 야그 듣니라 넋빠졌네"(「엄마, 왜 이렇게 날이 안 밝아
요」)라는 진술로 끝나는 시집이다. 아름답고 아프고 서러워라…….

그래, 달은 보는 이의 마음에 따라 채워지고 엎어지고 구부러지는 귀신
이라 한평생 홀려서 바라보며 울고 히죽거리고 탄식하지 않았던가. 영
암 출신 조정이 자신의 사투리로 시를 썼으니 수월했으리란 생각은 접
어야 한다. 입말로 하긴 쉽지만 그걸 문자로 옮기는 일은 의외로 난감
한 경우가 많다. 누구든 제 고향의 사투리로 시를 써봤을 테니 공감할
수 있으리라. 게다가 눈물 콧물 말맛의 간을 맞추는 건 보통 일이 아니
다. 날고뛰는 둔갑술의 언어를 따라다니다가, 붙잡아두자고 서로 약속
한 것이 문자인 까닭이다. 즉 문자는 입말을 이기지 못한다. 그러니 시
는 말의 춤이다(이성복).

감정은 독자가 느끼는 것이지 시인이 드러내는 게 아니다. 시에 감정
이 노출된다는 것은 정작 폭발해야 할 폭발물이 겉으로 샌다는 뜻이
다. 영암은 동학난리로부터 월출산 빨치산까지 학살의 피에 젖어든 지
역이다. 그 피맛을 아는 땅에 농사짓는 장삼이사들의 언어라서 차마 떼

어낼 수 없이 비리다가 나도 모르게 혈육의 끌림처럼 귀 기울이는 것이다. 이야기를 끌고 가는 힘은 쟁기이고 파내는 서정의 깊이는 보습을 댄 것 같다. 또 조근조근 속살거리는 호미를 떠올리게 한다. 아픔을 능치듯이 소곤거리는, 채록자인 양 감정은 배제하고 기술하는 조정의 능란함이 느껴진다.

좌익에 의해 저질러진 살육을 "그 집이가 소앙치만헌 개 한 마리가 있었어야 아침 식전에 동네사람들이 가봉게 마당이 피로 벙벙한디 그 개도 으찌케 무섬증이 났능가 죽은 쥔네 곁에서 짖는 소리 한 번 안 내고 우두거니 앉어 있드란다 사람 일 모롱께 느그도 성주헐 때는 꼭 남모르는 지하실이등가 비밀리에 도망갈 문을 만들어야써이(「지하실이 필요해」)"같이 묘사한 구절은 현장성이 강렬해서 소름 끼친다.

해방 직후 영암은 조극환曺克煥(1887~1966) 등 인민 위원회 세력이 실질적으로 장악하고 있었고, 1948년 이후 영암 주변의 산지에 빨치산들이 모여들면서 군경에 의한 토벌이 자주 벌어졌다. 빨치산 토벌이 계속되던 1951년 3월까지 영암읍·삼호읍·군서면·금정면 등에서 수십 명에서 백여 명에 이르는 사람들이 학살되었으며, 이 중에는 여성과 어린이까지 포함된 가족 단위의 희생도 많았다(영암군, 디지털 영암 문화대전).

"이어 잇고 용고새 틀고-옹기 째 떨이해서 동네잔치-칠십리 씨네마-홋집 남자-갈퀴나무 불로 끓인 라면-첩실 사위-복순이 큰오빠-소나무-개금바우 난초 하나씨-엄마, 왜 이렇게 날이 안 밝아요"라는 줄글을 읽어보면 어떤 흐름이 느껴지고 장면들이 스치는데 이건 시가 아니라 5부의 제목들을 연결한 것이다. 이런 부분에서 시인 내부에 기억의 흐름이 있음을 짚어보게 한다.

"그라재 (상여에) 꽃도 달어주고 울기도 울어주재 자네 속을 내가 알고 내 속을 자네가 안디 울락 안 해도 눈물이 날 거이네"(「혼불」) 하는 두 사람을 바라보는 관객석이 『그라시재라』이다. "글도 나는 성님이 구음 허시면 그라고 슬프드만 굽이굽이 어짜면 그라고 내 대신 풀러주는 거 가트까이/그라면 다행이시 부지깽이 소리 또랑광댓 소리도 들어주는 사램이 있으면 더 흥이 나고 맛이 난다네"(「개금바우 난초 하나씩」) 하는데 참외라도 깎아 내고픈 쟁반이 『그라시재라』라고 하겠다.

"할무니 에렸을 때도 달이 저라고 컸어요"(「달 같은 할머니」) 해놓고 "오매 내가 야그 듣니라 넋빠진"(「엄마, 왜 이렇게 날이 안 밝아요」) 시집이다.

『바람 불고 고요한』

(김명리 | 문학동네 | 2022년 9월)

명사名詞는 기생, 동사動詞는 협잡꾼이다. 김명리가 보는 '쇠박새', '생강나무' 같은 고유명사에는 하 많은 이미지들과 헤아릴 수도 없는 서사들이 기생의 하소연처럼 덧씌워진 까닭이다. '날다', '엎드리다' 같은 동사는 무엇(주어)과 동업하느냐에 따라 천차만별로 몸을 바꿔서 독자를 현혹하기에 동사는 협잡꾼이다. 하여, 초보는 고유명사에 덧씌워진 이미지들을 이길 방법이 없어서 '이름 모를 꽃', '산새' 등의 보통명사로 제 문장을 보통으로 만들어버린다. 반면에 고수는 이런 이미지들을 일거에 격파하여 새로운 인식을 세운다.

구양수가 이르길 시궁이후공詩窮而後工, 궁핍한 환경이 시인으로 하여금 시 잘 쓰게 한다 했으니 우리는 시인에 대한 선입견에 젖은 건 아닌지 되짚어야 한다. 김명리의 마당은 궁핍이 아니라 온갖 것의 몸짓과 속살거림이 가득하다. 사실, 그녀는 온갖 고유명사들을 거느린 갑부이다.

대상을 봐야, 가봐야 쓸 수 있다면 그는 르포 작가다. 김명리는 마당에 앉아서 사계절을 다 보고 앵두 한 알에서 소행성을 보는 심안을 가져서 주유천리 하지 않고 내부로 수렴하는 태도를 가졌다. 실제로 시의 무대가 그녀의 거주지 화도읍을 벗어나지 않는다는 느낌이다. 숨 탄 것들의 생성소멸, 즉 시놉시스면서 장소들의 약전이라 하겠다.

황인찬이 2020년 현대문학상 수상소감에 토로하길 "요즘은 해묵은 것들, 시대착오적인 것들, 그때는 의식하지 못했지만 지금 와서 생각해 보면 찜찜한 것들, 그런데 솔직히 잘은 모르겠는 것들에 마음이 끌립니다. 그때는 맞고 지금은 틀리다는 식은 아니지만, 멈추고 나면 비로소 보인다거나 하는 식도 아니지만, 이 되새김질이 우리의 삶을 갱신할 수 있으리라는 기대만은 갖고 있습니다. 그래서 저는 일단 곱씹어보고 있습니다."라 했으니 그 '곱씹음'이 김명리의 마당이고 고양이들이다.

리뷰는 시집 사용설명서가 아니지만 독자로서 권하건대 봄이 그립거든 「앵두꽃」, 실컷 울고 싶으면 「작별인사」, 아이를 재우고 짬이 나거든 「세상의 오후」, 내년 여름 장마 끝물엔 잊지 말고 「먼 강물과 덜컹거리는 산그늘과 분홍수련과」, 데이트하자는 애인의 전화를 끊어버리고 심란할 때에는 「저렇듯 작은 기미들이」 시집 안에 속살거리는 것을 두고두고 음미할 일이다.

아흔아홉 마리를 두고 길 잃은 양, 이 멋진 양이 바로 시인이다. 다들 가는 길(상투)을 잃은 게 아니라 벗어난 것이다. 누가 교조적으로 길을 고집하는가. 시인은 파르티잔이다. "시를 논할 때에는 시를 쓰듯이 해야 한다"라는 김수영의 말을 상기하면서 이 글이 시에 비견될 수 있는지 자괴감에 빠진다. "바람 불고 고요한" 오후에 김명리를 읽는다. 서재 창 밖으론 물기를 잃은 산사나무 이파리들이 뒤채는 날에—.

『수건은 젖고 댄서는 마른다』

(천수호 | 문학동네 | 2020년 11월)

검은 철사 너머

참 나른하게 화창한 날씨를 내다 걸었다

무릎을 꺾었다가 새로 일어서는 저 파도 소리처럼

눈과 입이 다르게 웃는 사진이

4월의 감탄사는 어디로 발송하려는지

죽은 것과 죽은 듯 보이는 것의 심폐소생술처럼 두 개의 종이컵을 포개

놓고

당신이 사랑이라는 말을 처음 시작할 때

밤의 이마에 서성이는 초승달

마스크 팩처럼 단번에 뜯어내는 영혼

커튼을 뺏긴 유령은 무엇으로 낯을 가릴까

장미의 주검을 새겼는데 거기서 비석 같은 새가 꿈틀거리며 걸어나

왔다

누런 강아지를 분양받아 처음 안고 오는 밤처럼

사랑을 시로 말해본 적 없었고 슬픔을 색채로 메워본 적 없었다

가로등이 물수제비처럼 켜지는 시간이 되어도

앞머리칼 날리며 불러준 사랑의 노래도 풀어놓았다

주소는 달랐지만 통증을 나누기엔 적절한 사이

남이 읽지도 듣지도 못하게 밀봉해둔 유언이 있다는 것
언니는 혼자만 몰랐다

긴 투병과정을 '죽음이 순간적인 사건이 아니라 그것에 이르는 긴 과정
이라는' 감각으로 언급한 고봉준(해설)에 동의한다. 천수호가 투병 중이
라는 건 아니다. 〈매트릭스〉의 네오가 총알을 피하는 장면처럼 순간을
멈추는 게 아니라 멈춘 것같이 진행시키면서 묘사와 진술이 갈마들게
하는 방식이겠다. 뇌경색으로 임사체험을 겪은 사람으로서 천수호가
다루는 죽음과 투병의 의미가 눅눅하거나 음산하지 않아서 마음이 더
넓게 열린다. 천수호는 설명하려는 다급함이 없고 독해讀解했을까 하는
조급함도 없어서 매력적이다. 병명들이, 주변인의 죽음들이 누빔점처럼
생애 안에 산재하려는 것들을 고정시키는 점도 인상적이다.

시집 전체에서 8회 등장하는 창은 너머를 보여주지만 '자신이 보고 싶
은 것'을 본다는 면에서 그 너머가 심상心想인 것이다. 하여 시편에 등
장하는 창들이 시인의 자화상 아니겠나 싶다. 과하게 말하자면 창의 프
네우마pneuma를 떠올렸다. 춥다가 덥다가 옷을 희롱하는 11월인데 천
수호라는 머플러 하나면 겨울을 펼칠 수 있겠다. 보랏빛 머플러 『수건
은 젖고 댄서는 마른다』가 그대들 앞에 직조됐다.

첨언: 다 읽은 사람은 알겠지만 들머리에 붙인 시는 시편의 문장 하나
씩을 나름으로 재구성해본 것인데 묘하게도 천수호가 느껴진다.

『심장보다 높이』

(신철규 | 창비 | 2022년 4월)

"어디까지 망가질지 몰라 두려운 사람들"(「세화」)이 스친다. 그 사이로 악마가 배회하겠지. 어차피 불운만 표기된 선택지를 내밀겠지. 지하철 손잡이를 잡는 악력 따위가 우리 생활력 아니겠냐고 우리는 술을 채우 겠지. 이런 체념도 비관도 아닌 '자각'으로 이 시집을 펼치시라 하련다.

신철규는 『지구만큼 슬펐다고 한다』 시인의 말에서 "숨을 곳도 없이/길 바닥에서 울고 있는 사람들이/더는 생겨나지 않는 세상이/언젠가는 와 야 한다는 믿음을 버리지 않겠다"고 했다. 이래서인지 휘황한 고급 주 상복합과 그 아래 웅크린 연립주택을 바라보는 올려다보는 앙각仰角과 내려다보는 부각俯角 사이에서 탄생한 시편들이 『심장보다 높이』 아닌 가 싶다.

반면에 그는 기수역汽水域의 시인이라는 느낌이다. 잔혹극으로서의 짠 물과 권태의 녹조綠藻 가득한 민물이 휘감기는 기수역 말이다. 또 노을 시인이라 표현할 수 있겠다. 노을은 낮과 밤이, 어둠과 밝음이 섞이는 상황이다. 천공을 질주한 낮이 힘겨워 붉고 그걸 받아들이려니 먹먹해 서 또 붉어지는 감응으로서의 노을이다. 시가 전업인 자들은 마침표를 찍을 때마다 제 어머니 "손등에 점이 난 것맬로"(「슬픔의 바깥」 64쪽) 마음의 검버섯이 생길 것이다. 시인은 누군가의 애달픔을 양식으로 삼는 자들 아닐까.

시집 첫 행에 "우리는 끝을 보기 위해 여기에 왔다"「세화」고 고정시킨 진술이 선언 같아서 무게감을 느낀다. 그는 눈물의 무게를 감지하는, 그래서 엎드려 울 수밖에 없다「눈물의 중력」는 시인이다. 이건 찬미가 아니라 독자로서의 후기後記이다. "급하게 걷는 사람의 손에 들린 물컵"「복잡한 사람」처럼 생은 위태롭고 또 자초하는 다급함이고 "깨진 거울처럼 울"「복잡한 사람」기도 하는 무엇이기에 생의 통증을 과장한다면 그는 직업종교인이거나 책장사다. 그래서 생은 "오래 구를수록 맨들맨들해지는 타이어처럼"「약음기」 슬프고 즐겁고 다정한 무늬를 잃어버리는 일이고 아울러 모서리를 잃고 비겁해지는 일이기도 하다.

무심코 샤워기를 틀었는데 체온과 맞춤인 물이 쏟아지는 느낌을 '직유의 매력'이라 한다면 「복잡한 사람」, 「약음기」 같은 시편이 맞춤이겠다. 대화하는 두 사람의 탁자에 자기를 소거시키고 합석한 상황의 이름이 '암시(모호)의 매력'이라면 「역류」, 「침묵의 미로」, 「빛의 허물」 등이 있다.

존재가 폭풍 속 조각배라면, 내부에 평형수(ballast water)라는 눈물을 많이 모아둔 사람이라면, 그는 쉽사리 엎어지지 않을 것이다. 또한 무수기를 수긍하는 사람은 감정의 높낮이에 일희일비하지 않는다. 신철규는 "슬픔에 빠진 사람에게는 두 손이 먼저 나가고/두 손으로 한 손을

감싼다"(「악수」)는 것을 아는 시인이다. 죽은 새를 보고 실이 툭 끊긴 것
처럼 삶과 죽음이 나뉘는 순간에 대해 오래 생각하는 시인 뒤로 올라
가는 엔딩크레디트가 『심장보다 높이』다.

『생물학적인 눈물』

(이재훈 | 문학동네 | 2021년 11월)

성직자는 고통 자체와 고통받는 자의 불쾌감과 싸울 뿐이지 고통의 원인이나 통증과 싸우는 것은 의사이다(니체, 『도덕의 계보』). 그렇다면 시인은 고통을 읽을 수 있는 것으로 제시하는 존재일까? 인생 훈련소의 숙달된 조교라 할 수 있겠다. 시인을 현자라고 인식하다간 시맹詩盲 된다. 고통이 두려우면 종교를 찾고 고통을 다룰 수 있어야 시를 쓴다.

시집엔 정황만 짐작되고 상관물도 풍경도 없는 세계가 펼쳐져 있다. 모든 표현은, 진술은 자신(주관)에게 수렴되는 것이기에 시인만 존재한다. 편편마다 미추美醜가 산재하고 혐오가 만발하는데 이는 많이 돌아다녀서 추악한 것들을 많이 본 게 아니라 이재훈이 염결廉潔이라는 안경을 쓴 때문이다. 정상頂上도 아는 겸손과 칭찬 더 받고 싶어서 하는 연출로서의 겸손은 극단적으로 다르다. 시인 이전에 이재훈은 그런 사람이다. 자존自尊과 자만을 구분하지 못하는 사람(「다정한 시인들」)이 아니라 모든 것이 스스로에게서 비롯됨을 아는, 자自를 인식하는 시인인 것이다.

편집대로 각 부별로 명명해보았다.
1부 – 칼바람 앞에 목도리를 고쳐 매다가 흰목이 드러나는 순간들

2부 – 신의 열차도 지나치는 간이역에서 연주하는 고스록밴드의 리드
　　　싱어
3부 – 돌부처 안에 쟁여진 울음을 보고 울대를 누르는 무신론자 가장

이재훈의 심상을, 시편의 행을 시처럼 구성해보았다. 시로 읽으면 의미
깊다.

오직 생존만이 도덕인 바다의 꿈틀거림(「생물학적인 눈물」) 속에서
오래 절망하니 오래 침묵하다 보니 자꾸 소리치게 됩니다(「역병」)
친절한 사람은 많지만 내 사람은 없습니다(「물고기 바이러스」)
아버지가 아들에게 아들이 손자에게 가장 더러운 것을 물려주는데
(「외설」)
커피잔 바닥에는 용서하지 못한 비유만 남았(「카페에서 수행 중」)습니다
유일한 쾌락은 하늘을 오래 보는 것(「혈통」)입니다
조금 더 남기기 위해 어지러운 곳을 기웃거렸(「빈 들의 저녁」)습니다
길에서 얻은 옆구리의 상처가 도(「바람의 손자국」)집니다
흘러가는 무리들에 몸을 섞습니다 홀로 다닐 용기도 내지 못합니다 늘
문을 찾아다닙니다 아침에 나갔다가 되돌아오지 못하는 시간을 기다
립니다(「양의 그림자를 먹었네」)
찬밥에 물 말아 오이지를 먹는 저녁 오해 없는 저녁 인문이 없는 어둠
정열이 없는 어둠, 그렇고 그런 나이가 되어 청승이 된 밤(「고통과 신체」)
이 있었습니다
흘러가는 무리들에 몸을 섞습니다 홀로 다닐 용기도 내지 못합니다 늘

문을 찾아다닙니다 아침에 나갔다가 되돌아오지 못하는 시간을 기다
립니다(「양의 그림자를 먹었네」)

이승원 평론가가 2017 한국서정시문학상 특집 평론에서 논술하기를
"모든 개인은 자신을 둘러싼 사회적·물질적 환경과 지적·감정적 반응
을 하며 이것이 결국 시를 만들어내고, 이렇게 만들어진 시작품이 다
시 독자와의 반응을 일으키는 것이 시의 올바른 방향이라고 했던 오든
W. H. Auden의 말대로, 이재훈에게 '고통'은 독자들에게 능동적인 반응
을 불러일으키기 위한 일종의 장치인 셈이다."라고 했으니 이런 관점이
이재훈 시집 『생물학적인 눈물』의 내비게이션이다.

『저게 저절로 붉어질 리는 없다』

(장석주 | 난다 | 2021년 12월)

자꾸만 풀리는 구두끈을 묶다가 질경이에게 말을 거는 신사……가 바로 장석주다. 나이가 들었어도 "어린 슬픔"(「서쪽」)을 안고 있는 시인이다. 연령은 물론 시력詩歷도 시형詩兄이니 형이라 부르고 싶다.

시선집이라면 첫 시집부터 최근의 작품들까지를 아우르는 방식이 보편적이지만 이번 경우는 다르다. 선집이 또 하나의 신작으로 느껴진다. 이는 작품활동이 50년 시간이라는 의미로 선형적이지 않다는 뜻이고 시종始終이 맞물리며 틈 없이 둥글다는 거다. 즉, 끝을 알고도 시작하고 끝에 와서는 시작을 잊지 않는 자세겠다 생각하며 서가의 『절벽』(2008)과 『몽해항로』(2010)를 다시 읽어보았다.

시편들이 묘사, 표현 수사 같은 것들을 이루기 위한 안간힘이 없어서 좋다. 느슨하다는 게 아니다. 틈 없이 꽉 채운 축대보다 서로를 결속하며 바람구멍을 열어둔 돌담이 오래간다. 심오한 척하는 사람들만이 모호함을 위해 애쓰고 실제로 심오한 사람은 명료함을 위해 애쓰는 법이다. 또 진부함으로 떨어지지 않는 친숙함(일상어)은 정겨움을 극대화할 수 있다. 그러니 50년 시력을 가졌으면서 현시대의 산보객 같은 보폭을 가졌고 나이 어린 독자도 자연스레 동행할 수 있을 것만 같다. 도발적

시를 쓰기도 하는 김민정 시인이 자신의 스타일, 즉 취향을 누르고 선택했다는 느낌이 든다. 선자選者로서의 혜안이다.

장석주는 산문도 많이 쓴 시인이다. 훌륭한 산문가는 시에 가까이 가되 결코 시로 넘어가지 않기(니체). 산문집 『도마뱀은 꼬리에 덧칠할 물감을 어디에서 구할까』를 읽어보면 그 경계에서 쓴다는 느낌을 받는다.

밤과 낮이 서로 섞이느라 무안해 붉어지는 틈을 노을이라 한다. 그 노을 전에 번지는 푸른빛, 남기嵐氣를 느끼게 하는 표지색을 가진 책이다. 손을 담그면 푸르게 물들 것만 같다. 이를 '장석주블루'로 명명하련다. 『저게 저절로 붉어질 리는 없다』. 그렇다. 시인도 저절로 붉어질 리는 없었을 것이다. 존재 자체의 번민과 시인이라는 자발적 구속이 영글었을 테다. 책을 고르는 거기 당신도 저절로 붉어졌을 리 없으니 장석주를 읽는 것이다. 우리 모두의 앞에 부유하는 감정들, "저게 저절로 붉어질 리는 없다". 그러니 내부의 것들을 사랑해야겠다.

『사랑이라는 신을 계속 믿을 수 있게』

(이병철 | 걷는사람 | 2021년 11월)

사랑은 폭발하는, 넘쳐나는 것이어서 그 감정만으로도 진행된다. 그러나 이별은 기술이 필요하다. 남겨질 사람에 대한 배려는 희망고문이 될 수 있고 그것이 또 고통의 심도를 가중시키기에 (이별의) 기술이라는 금속성 용어를 사용했다. 상대의 숨을 끊을 때는 칼을 잘 써야 하는 것이다. 사랑의 최고 수단은 육체일 것이고 또 자학의 대상이 될 수 있다. 결국 사랑의 끝은 육체의 몰락이라면 심한 비약일까.

옥상에 사는 너와 반지하에 사는 나는
서로가 발명해낸 가장 아름다운 낙차여서
「사랑이라는 신을 계속 믿을 수 있게」 부분

들머리에서 언급한 남녀 간의 사랑을 연상하겠지만 그 "낙차"에 신이 존재하기에 사회적, 애정적 낙차를 모르면 신도 모르는 것이다. 이병철은 낙차에서 시를 기르고 상처 입은 존재들을 보듬는다. 구름 위는 맑고 투명하기에 신은 아래의 환난은 모르는 거 아닐까. 신의 축복과 인간의 행복은 서로 다를 수 있기에 우리 갈구는 끝나지 않는다. 때로 원망하고 부정하기도 한다. 나비가 명랑하게 팔랑거리는 것 같다가 나비가 허공에서 의지할 곳 없이 흐느끼는 것처럼 보이는 게 감정의 장난이다. 아이들은 구급차 사이렌을 쾌활하게 듣고 나이 들면 겁부터 나는 것이 존재의 가변성이다.

세상을 다 앓지 못한다면 설사 천국에 들어가더라도 "천국에 혼자 들어가는 벌"(「겨울장마」)이라 생각하는 시인을 두고 시와 연애한다느니 시로 산다느니 따위의 클리셰를 펄렁거리지 말자. 촌스럽다. 내면적인 움직임들의 총합을 영혼이라 부르고 그것들의 자음과 모음을 시라 하겠다.

"죄와 사랑의 천칭을 수평으로 맞추고 잠들면 영원도 찰나도 아닌 곳"(「Limbo」)에서 "나는 용서받을까 봐 종교를 버렸어요"(「죄와 쥐의 오독」)라고 할 정도의 염결廉潔이 혹시라도 자기처벌의 단계로 확장될까 걱정했다. 여행 중엔 풍경에 매료되지만 의외로 자신에게 몰두하는 자신을 발견하기도 한다. 이병철은 예리한 자의식으로부터 스스로를 보호할 지혜가 충분하리라.

자신에 대한 처벌과 용서를 번갈아 치르는, 우리는 모두 일인교주이다. 교주를 바꾼다면 그 사람을 사랑한다는 증거다. 『사랑이라는 신을 계속 믿을 수 있게』, 그 신의 충일함을 미쁘게 받아들이기를 바란다. 이병철의 심장이 "사랑이라는 신을 계속 믿을 수 있게" 강건하리라 믿는다.

『색색의 알약들을 모아 저울에 올려놓고』

(이지호 | 걷는사람 | 2021년 8월)

과잉과 잉여를 즐기는 것을 사치라 한다. '너무'라는 부사가 붙는 상태겠다. 시인은 평생 클리셰에 시달린다 했으니 그것으로부터 벗어나려 애쓰다가 새로움에 현혹되어 난해의 늪에 빠지기도 한다. 또 어휘와 배치에 힘을 주다가 문장비만이라는 시인의 암에 걸린다.

「호모 심비우스」는 공생하는 인간이다. 그녀는 이미지, 사유를 거느리고 공생하며 허투루 배치하는 법이 없으니 이것이 '사치'와 반대되는 개념이고 검소함의 실행이다. 문장이 산촌의 나물밥처럼 단촐하고 어감도 간이 잘 맞는다. 변두리짬뽕마냥 양만 많지 않다. 뷔페처럼 먹은 것 없이 배만 부른 시편은 없다. '명사형으로 끝내는 행'은 슬라이드 형식으로 함축적이고 '서술형으로 끝내는 문장'들은 동영상처럼 연속되며 방향을 잡는다.

뒷산 언덕에 앉아 동네를 내려다보는 여인, 소녀, 아내에서 현실의 다채로움을 넘나드는 기氣가 되어 너울거린다. 여기서 기氣라 함은 영계靈界와 현실계를 잇는 다리 같은 힘이다. 아울러 그녀가 모아놓은 색색의 알약들이다. 신神의 저울에는 눈금이 없다. 눈금에 기대어 계량한다면 그게 신이겠나. 이지호의 저울에도 눈금은 없다. 과장이 아니라 시편의 이미지다. 대신에 지진계가 있다. 계량이 아니라 감지感知의 단계이다. 그것은 이파리의 추락, 오디의 맛, 허공에 번지는 금, 택배기사의 종종 걸음 같은 것들의 울림이고 움츠림이어서 존재에 대한 이지호 특유의 긍휼矜恤이 보인다. 자란자란, 새물내 등의 어감을 끄덕이게 하는 시인이다. 코스모스 꽃잎에 잡힌 주름무늬 같은 섬세함의 시인이다.

화분은 통째로 가져가면 그만이니 이사 간 집에는 아무것도 없다. 마당이 있는 집에는 과꽃이라도 심겨 있지 않을까? 이지호는 주인이 떠난 집에 남겨진 그 꽃을 바라보는 시선을 가졌다. "색색의 알약들을 모아 저울에 올려놓고" 누구에게 줄지, 어떻게 살릴 것인지 가늠하느라 고요하다. 『색색의 알약들을 모아 저울에 올려놓고』는 그윽해진 그녀의 눈웃음이 금강 윤슬처럼 자란자란, 독자에게로 번져가는 오후다.

『우리의 피는 얇아서』

(박은영 | 시인의일요일 | 2022년 4월)

"여기는 면의 나라, 쫄면 울면 지는 거라는 규칙이 생생"(「면의 나라」)하
다. 우리는 면面, 麵의 나라에 살고, 면식面識이라는 벗바리가 힘을 쓰
는 사회라서 끼리끼리 뭉치고 소외당한다. 쫄면—겁먹으면 진(먹힌)다.
울면—좌절해봤자 도와주지 않는다. 면麵으로 사는 형편이지만 웃는
다. 이리하여 국수-면麵과 얼굴-면面의 끊임없는 이중주이고 면면綿綿
한 말놀이의 시행들이다.

"누군가에게 버려지는 일이 무서운 게 아니라 다시 시작하는 일이 무거
운" 것(「퀸Queen」)은 기억 때문일 테고 인간의 번뇌가 무수한 것도 못
잊겠는 기억력 때문이다. 박은영은 과거와 현재를 부딪쳐보며 거기서
나오는 파열음을 받아쓰는 방식을 취하고 있다. 여기에 이르기까지의
왕배덕배들이 한꺼번에 몰려드는 순간이 그녀가 컴퓨터를 켜는 순간인
것이다. 하지만 「퀸Queen」은 섹스와 갈등을 암시하고 있다.

시는 규범을 무너뜨리다가 외면당한 자들의 좌절을 통해 발전한다. 아
울러 시는 생활의 껍질을 벗기다가 울어버린, 주먹 쥔 자들의 악력으로
확장된다. 팔아먹으려 들지 말고, 그런 생각조차 없이 정면으로 부서지
는 동안 시상詩想이 심화된다.

쓰러져 입원한 두 달 동안 쓴 60편에서 네 편만 건져낸 깜냥이기에 시 쓰는 시인을 생각한 게 아니라 무엇부터 빼낼까 골똘한 박은영을 그려보았다. 그녀의 매력은 진술이 구체적인데도 자기 생각을 강요하지 않는 작법이고 또 이렇게 솔직해도 되나 하다가 솔직할 수밖에 없겠다고 수긍하는 진술들이다. 고통의 농도가 문장의 밀도를 보증하진 않는다. 그녀는 그것들을 희석하고 재배치한다. 이를테면 다음과 같은 말놀이의 행렬들이다.

"우리의 피는 얇아서/가죽, 아니/가족이라고 말하기도 부끄러웠다"(「만두」)니 그 만두피皮가 얇아서 다 보이니 부끄럽다. 피는 생계를 가리는 커튼 같은 것이고 이를테면 피(血)도 가난한 빈혈貧血로 확대할 수 있겠다. 그러나 "소원은 언제나 소원疏遠"한 일이다(「달빛무월마을」). 헷갈리지만 유심히 읽는 사람만이 만두 육즙 맛을 만끽할 것이다.

박은영의 말놀이는 그 안에 담긴 서사를 촉발시키는 뇌관이면서 누빔점이다. 누빔점(quilting point, 소파커버 고정단추)은 그 형태대로 버튼 같으니 시인은 자신의 눈물버튼을 숨겨놓았다고 할 수 있겠다. 탁 쏘는 겨자이다가 뭉근하게 매운 뒷맛을 남기는 고추장이다. 이토록 저 혼자만 찬연한 봄날에 "우리의 피는 얇아서" 산골散骨하듯이 뿌려진 어휘들이 나비 날개 가루처럼 손에 묻을 것만 같은 시집이다. "우리의 피는 얇아서" 생의 비애를 들키곤 하는 것일까.

면면綿綿: 끊이지 아니하고 끝없이 이어 있다.

소원疏遠: 지내는 사이가 두텁지 않고 거리가 있어서 서먹서먹하다.

산골散骨: 화장한 유골을 가루로 만들어 산·강·바다 등에 뿌리는 것.

『창』

(성은주 | 시인의일요일 | 2022년 5월)

자신을 어쩔 수 없어서 욕망하고 후회하는, 자신에게 패하고 낙담하는, 인간은 고소공포증을 간직한 새 아닐까. 허공의 저 새는 언젠가는 내려 앉아야만 할 곳을 찾는 것은 아닐까. 날갯짓은 황망함의 표현 아닐까.

"불안을 토로하는 것은 쉽지만 불안을 이미지로 형상화하는 것은 쉬운 일이 아니다"라는 조선일보 신춘문예 심사평(문정희·최승호, 2010)을 떠올렸다. 여기의 "이미지"로 성은주를 읽어보았다. 이를테면 "여전히 난 질 수밖에 없다"(「타임아웃」), "쓸쓸함은 모퉁이만 봐도 알 수 있다"(「술래의 집」), "거울아, 눈 감지 않는 거울아"(「거울, 불면증」), "매일매일 비누가 야위어갔다"(「다다르다」) 같은 분위기들이 심사평을 뒷받침한다.

자칭 우등생의 문장 같은, 관념으로 도금한 비문들이 난무하는 시집을 만나곤 한다. 아는 것을 쓰는 것이 시가 아니므로(김소연, 「모른다」, 『눈물이라는 뼈』) 겪은 것을 쓰는 것도 시가 아닐 것이다. 자신의 상처를 발설하는 시는 불편한데 또 상처를 극복했음을 감춘 시는 편안하다. 조금 아는 사람은 말이 많고 더 많이 아는 사람은 말을 줄이는 법이다.
성은주 문장공화국의 첫 대변인을 추천하라면 겉도는 인간관계를 진술한 「안부총량의 법칙」을 추천하겠다. 여기에 "수심 어디까지 잠수해야 같은 목소리 지닌 사람을 만날까요 흔하게 살고 싶어요 어디서든 툭툭, 솟은 가로수처럼 그런 간격 보이면서 가끔 2층 창문 들여다보면서 거긴 내가 사랑할 수 있는 사람들 있겠지요"「우리 집에 왜 왔나요」 같은 소곤거림이 있어서이다.

그런데 특히 독자가 경계할 것은 이성주 평론가의《현대시》5월호, 251쪽) "지난 이십여 년간 시 비평의 장에서 주된 비판의 대상이 되었던 것은 바로 '동일성'이라는 개념일 것이다. (중략) 거칠게 말하자면 나에게 타당한 것은 남에게도 타당하다는 식의 논리, 즉 남을 나로 수렴시키는 동일화의 욕망에 대한 비판과 관련되어 있다." 같은 말이다.

자본주의는 과장이 본질인 광고처럼 모든 것을 과도하게 활성화시킨다. 차분함을 소심함으로, 고요함을 우울증이라 예단하는 사회이다. 성은주의 문장에서 미혼인 전문직 동창을 만나고 돌아오는 기혼 시인의 감정, 고독은 상태가 아니라 사고思考라는 수긍, 불행도 태도의 영역에 포함할 수 있겠다는 자각들을 느낀다. 복제될 수 없고 일반화할 수도 없는 딸이라는 존재를 통해 권태에 묻혀 빛을 잃은 유일무이를 절감했을 것이다. 할머니에게 배웠다지만 시인 자신의 내부에서 발견한 것들은 "가족과 무관해지는 법/혼잣말에 익숙해지는 법/젖은 종이엔 글씨를 쓸 수 없는 법"「사과」 아닌가 싶다.

마음이 안온할 때의 『창』은 새뜻한 외부로 나아가는 통로이면서 반면에 음울한 감정들을 걸어놓는 "창고"가 된다. 하릴없이 창밖만 보는 시간들 말이다. 튀어보려다가 어색해진 "엉뚱함"과는 다르게 시의 흐름을 놓치지 않는 그녀의 '의외성'에는 비약, 상쾌 같은 느낌들이 가득하다. 읽은 사람으로서 팁을 하나 말해보자면 제목을 깊이 생각해보라는 거다. 그녀는 거기 문장의 난맥을 느끼는 독자를 위한 탄산수를, 초보를 배려한 지도를 넣어두었다. 평범하며 하찮으며 낡고 우연한 것 또는 숨겨진 것에서 새로운 것, 놀라운 것을 감지해내는 '범속한 각성'(발터 베냐민)과 같은 인식의 계기 말이다. 시적 상황을 마주치는 것에 대해 신철규 시인은 "시적 상황을 발견하고 그 의미를 질문하고 나서 실제 경험한 사건에 상상력을 통해 가공하는 작업이 뒤따라야 한다(《청색종이》 2022 봄호, 255쪽)"고 말한다. 성은주는 이런 상상력의 코어에 이미지를 넣었다.

『사랑의 근력』

(김안녕 | 걷는사람 | 2021년 11월)

슬픔은 서로를 감염시킨다. 질투는 매력적이라서 거부하면서도 감염당한다. 왜 매력적인가. 인간은 자신이 천사라고 착각하는 악마이기 때문이다. 결국 상대를 잃게 한다. 자신도 격리시키는 결과를 야기시킨다. 질투하다가, 통증을 회피하려다 섬처럼 개별화된다. 대상화해서 조롱하다가 자신을 진열하는 꼴이 되는 것이다.

일독 후의 이런 이미지들이 오래 남을 것 같다. 슬픈데 슬프지 않은, 경쾌한데 가볍지 않은 명랑들 말이다.
김안녕은— 손이 따뜻한 유령
　　　　　팔랑팔랑 엄마 심부름 가는 노을 속 명지바람
　　　　　사랑하는 당신 앞의 딸꾹질
　　　　　반듯하지만 접히면 되돌리지 못하는 은박지
　　　　　빨래 널 때 물큰하게 젖어오는 새물내
　　　　　신은 매번 약속에 늦는다는 걸 알아버린 촛불
　　　　　아무도 모르게 물을 머금은 드라이플라워—느낌이다.

어떤 안간힘 같은 것이 느껴지는 명랑함에는 서글픔이 있다. 의도적 위악에는 가소로움이 보인다. 내 나름으로 추출한 김안녕 특유의 명랑은 응시에서 비롯된 것이다. 지켜보다가 애틋해지고 사랑하다가 상그러워지는 상태 말이다. 그것은 바닥으로부터 들어 올려주는 힘이고 한 칸 높이 놓인 상태다. 결론적으로 그녀의 시는 감정과잉이 없는 중립지대, 생의 무게에 대해 과장이 없는 무중력상태라고 할 수 있다. 또한 실망이 없는 긍정의 단계이다. 여타의 시인들은 묘사나 포즈에 힘쓰느라 보편성을 잃게 되는데 이 시집은 부드럽게 스미고 글맛이 섬연纖姸하다.

서두에 언급한 슬픔, 질투, 진열들을 통해 "어떤 하품은 전염되고 어떤 죽음은 진열된다"(「덩그러니」)는 진술을 풀어보느라 여기까지 왔다. 이만큼 깊고 짙은 한 줄이다. 여기서 감정의 전이와 자신도 모르게 타자화되는 현시대의 통찰을 보았다. 시인은 「고드름 놀이」처럼 자신의 체중으로 생이라는 얼음판의 두께를 가늠해주는 존재이다. 특히 「울음의 입하」가 여진이 길다.

실제로는 앓고 있는 병이 없는데도 아프다고 거짓말을 일삼거나 자해를 하여 타인의 관심을 끌려는 정신질환, 즉 뮌하우젠 증후군을 시인의 특권인 양 자발 떠는 시집이 많다. 성차별 말고, 제목부터 근력筋力이 있지 않은가. 하여 『사랑의 근력』은 힘보다 연민이고 드러냄보다 좌절 없다는 속다짐이다. "사랑의 근력"은 체육관이 아니라 김안녕 시집 『사랑의 근력』 갈피에 있다. 거기 당신은, 어떤 근력으로 여기까지 왔는가.

『나보다 더 오래 내게 다가온 사람』

(이윤학 | 간드레 | 2021년 4월)

무책임한 자연에의 비유(기형도)를 경계하는, 가장 위대한 잠언이 자연 속에 있음을 체득해놓고 포즈를 버린 시집이다. 경로당 유의 느슨한 긍정도 널어놓지 않았다.

시는 생활에서 쏟아지는 것이다. 그렇더라도 생활의 지리멸렬을 본인 시를 변명하는 일에 사용한다면 그건 일기일 뿐이다. 그의 시에는 변명하려는 수사修辭조차 없다. 이윤학의 시편들이 '전원일기'는 아니라는 뜻이다. 소설을 읽을 때 권선징악과 해피엔딩의 결과를 바라는 무의식을 가지는 것처럼 기대지평期待地平을 듬쑥하게 배반하는 진술들에서 내 나름대로 안심했다. 귀촌농부 코스프레, 자연식 전도사, 부흥회 허세 등등을 제거하고 촌로들을 하나하나 살피고 문장에 모셨으니 읽는 재미가 깊다.

척박한 땅에서 산 나무라는 뜻으로 이윤학은 '찌들목'(「억새가 피어」)이고, 그가 성장한 문장의 토양에는 느끼한 비료가 없다는 점에서도 그는 '찌들목'이다. 즉 문장이 살아 있을 만큼까지만 번다煩多함을 버린 것이다. 충청도 사투리를 많이 썼는데도 향토성에의 쏠림이 없는 그의 블렌딩이 믿음직스럽다.

가평 산골에 살다가 안동과 가평을 오가는 이윤학은 시를 파종할 자리가 어디인지 아는 문장농부이다. 바짓단의 흙을 잘 털어서 남의 집을 어지르지 않는 도시인이다. 수사학이라는 비료의 효능을 떠벌리지 않는 일꾼이다. 과거와 현재가 하나의 시점에 존재하는 이윤학의 시편을 읽으면 "나보다 더 오래 내게 다가온 사람"을 가늠해보게 될 것이다. 가령, 아버지 같은 분들 말이다.

『여름밤 위원회』

(박해람 | 시인의일요일 | 2021년 11월)

박해람은 댄서다. 춤인데 의상을 보고, 휘날리는 소매에 홀린다면, 정작 그 안에서 작동하는 신체는 모른다면 초보다. 춤에 절망해본 사람이라면 연체동물의 그것 같은 관절을 감탄할 것이다. 관절의 가동한계가 일정하다는 것은 문법, 상식, 관습 같은 것들을 의미한다. 그 방향을 위반하면 도발, 상상력, 비약 등등을 느끼게 될 것이다. 의상은 표현이요, 몸은 사유이다. 감춤과 중첩과 은유도 없이 알몸으로 춤을 춘다면 끔찍하지 않겠나. 드러낸 댄서의 얼굴이 시인이라는 실존이겠다. 박해람이라는 골똘함이 한자漢字체의 한량무로 둔갑하다가 튀어오르고 꺾어지는 팝핀Poppin까지 확장된다.

명사 앞의 수식구를 따로 떼어서 읽으면 상쾌함과 기발함을 만끽할 수 있고 서술부를 살피면 그 기술記述 기법에 탄복한다. 간단히 말해서 '이걸(명사) 이거라 하다니' 식이고 '여기서 이렇게(서술) 하는구나'를 읽는 방식이다. 문청이 새겨둘 방식이다.

이를테면 "꽉 쥔 손안에서 꼬물거리던 주름들이 종래에는 얼굴로 번져 죽습니다(「여섯 개의 손가락 별명」) 같은 문장이다. 그의 시는 감정기복이 없고 평평해서 엎어질 일 없다. 포즈나 위악이 『여름밤 위원회』를 경유해 철거되어 부담스럽지 않은 것이다. 무난하다는 게 아니라 고르다는, 정렬되었다는 뜻이다.

준비운동을 철저히 한 사람 외에는 흉내 낼 경지가 아니다. 고수의 춤이 다 그렇듯 어설프게 해보다가는 관절 다친다. 더구나 춤을 흉내 내면 율동일 뿐이다. 우선은 『여름밤 위원회』에 접수해야 해볼 수 있다. 지필紙筆부터 준비하시라.

『나는 입버릇처럼 가게 문을 닫고 열어요』

(박송이 | 시인의일요일 | 2022년 10월)

시인에게 시간은 무엇인가. 시간은 모든 일들이 한꺼번에 일어나는 것을 막아준다. 박송이 역시 시간을 살아낸다. 그런데 시는 번민의 일족이라서 다발적이다. 첫 시집으로부터 금강이 흐르듯 이번 시집에 도착했을 텐데 시상 편편의 초점이 선명해서 현재시점인가 착각할 정도다. 플라뇌르Flâneur(보들레르)의 시선과 같이 뇌리에 (다발적으로) 스민 것들을 정렬할 수 있다는 뜻이다. 여기서 서정시를 '마음의 상태를 보여주는 것'이라 생각하는 사람에겐 수필을 권하고 싶다.

우리는 제 기분을 판단하려는 습성을 가졌다. 왜 우울할까 하면서 침울해하지만 명랑, 안온의 기준을 너무 높이 잡았기에 상대적 격차를 겪는 건 아닌가 의심해봐야 한다. 자연계의 인간 위상은 연약한 초식동물에 가깝기에 조금 우울(예민)한 것이 적절한 수준 아닐까. 박송이 시는 그 기준선을 일반인보다 한 눈금 낮게 잡았다는 느낌이다. 문장의 온도가 낮다는 말은 아니다. 왜바람과 명지바람의 차이를 잘 아는 시인인 것이다.

'현재에서 과거를 돌아보는 것'과 '과거가 현재에 도착하는 것'은 유사하지만 바라보는 태도에 따라 시상이 청승과 허밍으로 벌어진다. 부언해서 수동적으로 돌아만 보는 기술記述과 능동적으로 그것들을 현재화하는 방식은 크게 다른 것이다. 과거라는 불가역적 고체상태를 받아들이고 정렬해서 그것들을 공명共鳴 가능한 유동상태로 문장화한 집합체가 『나는 입버릇처럼 가게 문을 닫고 열어요』이다.

첫 시집 『조용한 심장』을 일독한 후에 이번 시집을 펼치면 그녀가 그곳으로부터 '현재에 도착하는 감정들'을 비다듬고 '데워서' 앉히는 과정을 볼 수 있을 테고 독자로서의 정서환기가 일어남을 느낄 수 있을 것이다. 「메롱나무」, 「나무항구 1」, 「감기」 같은 시편들이 예가 되겠다. 우울로부터 사늘함으로 전환됐기에 '데워서'라고 했다. 이제 엄마라는 울혈로부터 얼마만큼 흘러왔는지 가늠해볼 수 있을 것 같다.

"잡풀은 죄다 엄마 거라고 꽃들은 엄말 알콜 중독자라 체념했지만 그때마다 나는 바퀴벌레의 임종을 떠올렸어요/저기 가로등은 꽃도 아닌데 왜 망울로 달렸나요 나는 엄마의 꽃밭에서 춤을 춰요 왜일까요 나는 꽃들의 이름을 자꾸 까먹어요"(「꽃 피는 엄마」, 『조용한 심장』)라는 진술은 엄마라는 울혈에서 나온 것일 테다. 현재에 이르러 "엄마 시계가 신기해요/계속 쳐다보게 돼요/왜 또 안 변해요/계속 쳐다보고 있으면 숫자가 바뀔 거야/엄마 숫자가 십으로 바뀌었어요/그래 일 분이 지난 거야/또 바뀔 거야"(「플립시계」)라는 시인 딸의 종알거림이 엄마에게 건네는 말로 읽혀서 그 '데워짐'이 느껴진다.

"거미가 나방을 아껴 먹고 있"(「그물녘」)듯이 생은 평범히 잔혹한데 "수

시로 인간이라는 충동을 느낀다"(「나무향구1」)니 시인 자신도 울렁거렸으리. "배가 고파왔고/시가 고파 왔으므로"(「끼니」) "무기로는 영 쓸모없는/시낭독회"(「생각하는 모자」)를 생각해보는 밤마다 "흔들어주는 대로 흔들리는 생이니까"(「개미」) 괜찮다고 "손바닥이 다 젖어서 손등으로 울고 있습니다"(「바나나」)라고 한 후에 "쓴다는 건 엉킨 나를 푸는 일"(「시창작교실」)이라며 산책을 나선 박송이는 들머리에서 언급한 산책가 플라뇌르라 할 수 있겠다.

『나는 입버릇처럼 가게 문을 닫고 열어요』라는 제목에서 흔히 '열고 닫는다'는 관용구를 '닫고 열어요'라고 순서를 바꾼 까닭은 무엇일까. 사늘한 기분에 닫았다가 열면서 그것들에게 미소 지어보는 기분 아닐까. "똑똑 문을 열면 낱말들이 몰려와/슬픔이 무사하다는 생각"(「소심한 책방」)들이 가지런히 들어차는 곳이 박송이의 가게 아닐까.

『천 년 동안 내리는 비』

(정한용 | 여우난골 | 2021년 2월)

순수한 작품에서는 시인의 목소리가 사라진다(말라르메). 주관이 모두 제거되는 것이다.

스티브 잡스는 손에 든 아이폰에 시선을 유도하기 위해 10년 넘게 같은 옷차림을 고수한 것으로 유명하다. 이른바 '놈코어Normcore'인데 통상적이라는 '노멀normal'과 고집스럽게 추구한다는 '하드코어hardcore'의 합성어다. 잡스가 창시했다고 할 수 있는 용어겠다.

놈코어 스타일의 시집이 있다. 소개하는 자(잡스, 시인)는 사라지고 핸드폰(사유, 이미지)만 도드라진 시집이 있다. 시 쓰는 입장에서 과장하자면 '예술(인간중심)은 신음하는 성자이며 구원하고 다시 일으키는 존재'이다. 시는 왜 신음하는가—정한용의 시편을 읽어보면 공감한다. 어떻게 구원하고 다시 일으킬 것인가—정한용의 시집을 완독하고 호흡을 다듬으면 끄덕이게 된다. 특히 생의 환난을 과장하는 자들이 빠지기 쉬운 함정, 교조적 오만이 없는 것도 정한용의 장점이다.

주관이 배제된 세계관, 새로운 시적 감성으로 진화할 것이라는 측면에서 그는 로보사피엔스이다. 문장의 리듬을 잃지 않고 인간탐색을 견지

한다는 측면에서 그는 사회과학을 전공한 래퍼이다. "목숨 붙어 있다고 다 살아 있는 건 아니"(「숲에 대한 생각」)라면서 비관과 가능성을 암시하면서도 "기적이고 황홀이다"(「지극」)라는 진술로 끝낸 시집 정한용의 『천 년 동안 내리는 비』이다.

비판하면서 애정하고 응징하면서 돌아보는 정한용이다. 그가 "천 년 동안 내리는 비"를 대비해 당신들의 우산을 펼쳐주었다.

『홀연, 선잠』

(김정수 | 천년의시작 | 2020년 4월)

힘겨우면 만유인력처럼 지긋지긋한 무언가를 느낀다. 누구나 무겁다. 우리는 존재의 무게를 줄이거나 무시하려 한다. 그러나 이는 회피의 방식일 뿐이다. 진정한 고수는 세상을 무중력 상태로 환치한다. 생계와 가족과 인드라망이 "홀연" 도약하는 무용수처럼 가벼워지는 것이다. 권태라는 잔가시도 "선잠" 든 나비처럼 나긋해진다.

레비나스가 말하는 타자는 자신 이외의 사람인데 타인보다 훨씬 더 부정적인 뜻을 품고 있다. 바로 '소통이 안 되는 사람', '이해할 수 없는 사람'을 뜻한다. 다시 레비나스의 말을 빌리자면 "타자는 깨달음의 계기"이다. 우리는 SNS를 통해 타인들과 과다접촉하면서 자신이라는 존재를 불신하고 급기야 좌절에 이르는 병에 감염된다. 김정수는 부대끼며 뒤섞여도 자신(詩)을 잃지 않는 힘을 가지고 있다. 읽어보면 그 힘을 알게 된다. 그의 시편 안에서야 비로소 타자와의 해후가 성사되는 것이다. 안다거나 이해한다는 것은 '바뀐다'는 뜻이다. 김정수를 읽은 독자라면 생의 통점들이 긍정과 다정으로 바뀌었음을 실감할 것이다.

실제로 일어난 일들을 좇으며 진술한다는 사람에겐 시가 아니라 자서전을 권하고 싶다. 사건만 남고 문학은 죽는 결과를 맞을 것이다. 가장

시적인 문장은 거짓말과 상상의 경계를 비행하는 것들이다. 거짓말이라면 김정수의 능란함을 즐기고 상상이라면 한껏 빠져도 좋겠다. "홀연, 선잠"깬 사내가, 미혹에서 깨어난 사내가 골목을 빠져나간다. 바람인 듯 가볍게 생계와 가족을 짊어졌다. 그의 문장은 육식과 초식이 황금비율로 조합된 느낌이다. 그런 김정수가 밥(시) 벌러 간다. 동행하고 싶다면 『홀연, 선잠』을 펼치면 된다.

『사물어 사전』

(홍일표 | 작가 | 2022년 7월)

오늘 아침부터 오후까지 몇 가지 사물과 마주쳤을까? 스치며 지나친 것들은 또 얼마나 될까. 사용하고 있는 물건들을 가만히 들여다본 적 있나? 철학은 질문으로부터 시작된다고 생각하기에 자문했다. 철학의 문을 열고 들어가면 지금까지 익숙했던 모든 사물을 새로운 해석으로 만나게 될 것이다. 사물어의 어語가 철학의 의미겠다. 모든 감정을 표현하고 의사를 전달하는 일에는 도구가 필수적인데 홍일표 시인은 그것을 사물로 삼은 셈이다.

연필을 젓가락으로 사용할 수는 있다. 기능을 바꾸는 것은 사용자의 권한 내지는 능력에 해당되겠다. 물론 공공재를 이런 식으로 사용하면 야만인 소릴 듣는다. 사물의 기능을 바꾸는 것은 사물에 대한 이해도 중요하지만 아이디어가 발동해야 가능할 테다. 우리는 사물을 단지 기능적 측면만으로 대할까? 그렇지 않다. 의미를 새긴 물건이 있고 추억을 상징하는 물건도 있다. 이런 것들도 기능을 바꿔버릴까? 그렇게 하지 않을 것이다. 그 물건과 자신이 모종의 방식으로 관계하고 있으며 그 맥락을 중요하다고 판단하기 때문이다. 이런 논리는 산문에 어울릴 텐데 홍일표는 시인이라서 사물들을 확장하고 자리바꿈하면서 그 과정을 보여주었다. 『사물어 사전』 읽기는 '독서'가 아니라 사유과정의 '견학'이라 과장해도 될 것 같다.

결국 사물을 다른 방식으로 본다는 것은 새로운 관계를 의미한다. 세상이 달리 보이는 것이다. 익숙함의 굴레를 벗어나서 낯섦, 소소한 충격의 영토를 넓혀가는 일이다. 이런 사고체계를 구성해나간다면 지금까지의 세상과 다른 체험이 가능하겠고 이게 바로 철학 아닐까? 우리가 이런 사유를 시작해야 한다고 생각한다. 그래야 자신이 단순한 '사용자'가 아닌 '관계자'로 거듭나게 되기 때문이다. 당신이 거울과 공범이라니 흥미롭지 않은가. 시선 하나 바꾸면 행복이 가깝다는 말이 관용구처럼 유통되지만 그럴 수 있다고 본다. 생각이 바뀌면 세상은 이미 이전의 세상이 아니다.

활유活喩의 세계가 있다. 만물이 살아 움직이는, 사유로서 유동하는 곳이다. 만물을 사람으로 본다거나 사람에 견주어서 표현하는 의인擬人과는 대각선 방향에 있다. 유喩는 깨우침, 끄덕거림의 뜻이고 의擬는 본뜨고 흉내 내는 뜻이라서 격 자체가 다르다. 그러니 사물의 철학(사물어)으로 가기 위한 첫걸음이 활유 아닐까. 단순한 물건만은 아니라고 여기는 순간 그 대상은 새로운 의미로 다가오게 되고 우리는 가벼운 충격을 경험하게 된다. 기억의 습격, 추억의 후회가 들이닥치는 것이다. 무엇을 보느냐의 문제가 아니라 어떻게 보느냐의 차이가 새로움을 만들고 정신세계를 환기시킨다. 익숙한데 낯선, 끄덕이게 하는 세계 『사물어 사전』으로 들어간다. 물론 안내자는 홍일표 시인이다. 특히나 그저 존재하는 것들을 사유(응시, 매만짐)하는 과정을 보여준다는 점이 매력적이다.